기적을 일으키는 셀프코칭 하우 HOW!

하우 HOW

초판 1쇄 펴낸 날 / 2008. 6. 30
초판 3쇄 펴낸 날 / 2011. 8. 30

지 은 이 김봉학
펴 낸 이 채주희
펴 낸 곳 해피&북스
등 록 번 호 제 13-1562호(1985.10.25)
주   소 서울시 마포구 신수동 448-6
전   화 02) 6401-7004
팩   스 080-088-7004
이 메 일 elman1985@hanmail.net

ISBN 978-89-5515-419-1(03810)
ⓒ 2008. 김봉학

기적을 일으키는 # 셀프코칭

Let`s try the miracle self-coaching How

하우HOW!

김봉학 지음

해피&북스

인생은 커뮤니케이션이다.

나는 나의 멘토 조지 브라운으로부터 '인생은 커뮤니케이션이다.' '비즈니스는 커뮤니케이션이다.'라는 말을 처음 들었을 때는 이 말이 얼마나 중요한 말인지 몰랐다. 인생을 살면서 이것처럼 중요한 것이 없다는 깨달음은 시간이 갈수록 커져가고 있다.

인간은 하루에 2,600번 커뮤니케이션 한다. 평소에 말이 없는 사람은 '무슨 말인가?' 싶을 것이다. 우리는 깨어 있는 동안 약 2,000번, 자고 있는 동안 약 600번의 커뮤니케이션을 한다.

나는 책 『커뮤니케이션 에세이』에서 커뮤니케이션을 크게 미시적, 중시적, 거시적 3가지로 구분한 바 있다. 대분류의 첫 번째인 미시적 커뮤니케이션은 또 인트라퍼스널 커뮤니케이션Intrapersonal communication, 인디비듀얼 커뮤니케이션Individual communication으로 나눌 수 있다.

인트라퍼스널 커뮤니케이션은 자아커뮤니케이션이라고 할 수 있는데, 내 안의 긍정적인 자아와 부정적인 자아간의 커뮤니케이션이다. 인디비듀얼 커뮤니케이션은 개인적인 주체가 주변상황에 대해 스스로 하는 커뮤니케이션이다.

인트라퍼스널 커뮤니케이션에서 긍정적인 자아가 승리하는 사람은 인디비듀얼 커뮤니케이션을 '물이 반 컵이나 남아있다.' '오늘은 희망찬 좋은 아침이다.' '난 할 수 있다.'라는 식으로 한다. 이런 사람은 활력있는 하루를 이끌어 간다.

인트라퍼스널 커뮤니케이션에서 부정적인 자아가 승리하는 사람은 인디비듀얼 커뮤니케이션을 '물이 반 컵밖에 없구나.' '피곤한데 늦잠 좀 자자.' '내 인생에 펼 날이 있으려나?'하는 식으로 한다. 이런 사람은 흐리멍덩한 하루를 이끌려 간다.

이 두 종류의 사람을 구분하는 데는 단 1초도 걸리지 않는다. 나는 단언하건대 인생 성공의 기초는 미시적 커뮤니케이션을 성공적으로 잘 이끄는 사람이다. 기초공사가 잘 되어 있으면 2층 올라갈 건물도 10층까지 올라갈 수 있다. 건물을 지으려고 땅을 파다가 돌이 나오면 공사를 중단하는 사람이 있고, 그 돌을 깨고 든든한 기초공사를 쌓아가는 사람이 있다.

기초공사를 잘 하려면 시스템을 만들어야 한다. 시스템은 자신과의 약속을 지키는 것에서 시작하고, 행동으로 옮기는 것이고, 장애를 만나면 극복하는 것이다. 그러려면 자기 자신에게 냉철해야 한다. 절대 무너지지 않겠다고 약속해야 한다. 그럼에도 사람이기 때문에 무너진다. 그렇더라도 결심하여야 한다. 그리고 또 다시 시작하는 사람들이 자신이 원하는 인생을 살아갈 수 있다.

이 책은 커뮤니케이션의 기초공사를 성공적으로 이끌어 가는 구체적인 방법을 저자가 체험을 통해 알려주고 있는 소중한 정보이다. 자신의 가능성과 잠재력을 재발견하고, 자신이 원하는 가치있는 인생을 설계하고, 그것을 실행으로 옮길 수 있는 방법을 친절히 가이드를 해주고 있다.

활기차고 살맛나는 인생의 비밀이 내 안에 있음을 깨닫는 훌륭한 계기가 되길 소망한다.

2008년 6월 1일

이영권

명지대학교 겸임 교수
세계화전략연구소 소장
KBS 2라디오 이영권의 경제포커스 진행

목차

제1장 꿈이 삶이다.

제2장 도전이 기회다.

제3장 성장이 행복이다.

기적을 일으키는 셀프코칭

하우HOW!를 펴내며

프롤로그

어떻게 창조의 통로가 될 수 있을까?

반갑습니다.

이 책을 열어보신 당신은 결코 우연이 아니라는 것을 알았으면 합니다. 나는 이 순간의 당신에게 편지를 쓰는 마음으로 이 글을 썼습니다. 당신은 분명 삶에 대해 무한한 호기심을 가지고 있을 것입니다. 당신은 지금보다 더 나은 삶을 원하실 것입니다. 당신은 자신의 미래에 따뜻하고 매력적인 사람이 된 당신을 만나고 싶을 것입니다. 나와 똑같이.

나는 너희를 천국으로도 땅으로도 만들지 않았고, 죽게 하도록 만들지도 영생하도록 만들지도 않았다. 그러니 선택의 자유와 영예를 가지고, 자신이 바라는 대로 자신을 만들어 가라. 너희의 영혼이 주는 힘을 가지고 더 높은 형태로 다시 태어나서 신성한 존재가 돼라.

－피코델라 미란돌라

하느님께서 아담에게 했다는 인간의 존엄성에 관한 이 말씀을 믿는 사람이라면 나는 당신과의 만남을 참으로 기뻔할 것입니다. 비록 이 말씀을 믿기는 어려우나 의미 있게 받아들인다면 나와 똑같은 출발선에 서 있는 것이므로 반갑습니다.

사람은 태어나 사물을 인식하면서부터 습관적으로 하는 말이 '무엇?'과 '왜?'입니다. 사람들은 새로운 사물이나 상황을 만나면 '이것은 무엇이지?'라고 자연스럽게 질문합니다. 그리고 나서 곧바로 쏟아지는 질문은 어린 시절의 질문과 별다른 차이가 없습니다. '공은 왜 튀어 오르지?', '별은 왜 별이라고 하지?' '불은 왜 빨갛게 타오르지?'처럼 말이지요.

약간 차이가 있다면 호기심 많은 어린 시절과는 달리 '왜 이런 일이 일어났지?', '왜 이렇게 살아야 하지?', '왜 이서밖에 되지 않는 것이지?', '왜 내가 이 일을 해야 하지?'처럼 습관적으로 내뱉는 질문으로 바뀌었다는 것뿐이지요.

만약 당신이 수년 전의 나와 똑같이 매 순간 '왜?'라는 질문을 연발하고 있다면 지금부터 주의 깊게 이 책을 읽어가시기 바랍니다. 『개미』의 작가 베르나르 베르베르는 개미가 오랫동안 살아남은 이유 중 하나가 바로 시스템 때문이라고 했습니다.

　개미의 시스템에는 조직 내의 움직임과 연관된 행동적인 시스템도 있지만 생각과 관련된 시스템도 있다. 생각과 관련된 시스템? 바로 '어떻게 하면?'이란 생각을 갖는 것이다. 어떤 일이 주어졌을 때 그들은 "'왜' 내가 이 일을 해야 하지?"라고 생각하는 것이 아니라 "'어떻게 하면' 내가 이 일을 잘 할 수 있을까?"라고 생각한다.

　개미들이 사람들보다 훨씬 우월하다는 착각이 들 정도입니다.

　가만히 우리들의 생각을 뒤집어 보면 질문과 답변의 연속적인 과정입니다. 마치 뽐뿌질을 해서 물을 퍼올리는 듯합니다. 처음에 마중물을 넣고 물을 끌어올리면 연이어서 뽐뿌의 압력이 유지되면서 물이 퍼올려지는 것을 경험한 적이 있을 것입니다. 우리의 생각도 이렇게 퍼올리면 나오는 속성을 가지고 있습니다.
　생각에도 흐름이 있고 방향이 있는데 어떤 질문으로 생각을 퍼 올리느냐에 따라 그 흐름과 방향이 결정됩니다. 평범한 사람들은 '왜?'를 자주 생각합니다. 그러나 성공하는 사람들은 '어떻게?'를 자주 말합니다.

『의식혁명』의 저자이자 세계적인 영적 상담자인 데이비드 호킨스 박사는 '왜?'에 대해 이렇게 말했습니다.

"어떠한 현실에도 '왜?'는 없습니다. 우주에서 '왜?'를 필요로 하는 것은 아무것도 없습니다. '왜?'라는 질문을 던진다고 해서 진실이 모습을 드러내는 일 또한 없습니다. '왜?'라는 질문을 추구하는 것은 자신의 꼬리를 찾는 일이고 이는 그저 정신적 유희로 끝날 뿐입니다."

'야구공은 왜 담장 너머로 넘어갔을까?'라는 질문에 원인을 찾는다면, 몇 가지 이유를 찾을 수 있을까요? 두세 가지를 찾았다면 더 노력하셔야 합니다. 너무도 많은 이유 때문에 나중에는 진정 무엇이 원인인지 알 수가 없을 지경이 됩니다. 똑같이 '왜 이런 일이 일어났을까?'라는 질문에도 수많은 '~때문에'라는 답변을 얻을 수 있습니다. 또 그 '~때문에'는 대부분 우리가 변화시키기 어려운 것들임에 틀림없습니다. '왜?'로 시작된 생각 퍼 올리기는 안개 속으로 빠져드는 경우가 많습니다. 결국 걱정만 늘어나고 맙니다. 정말이지 성공하려면 내가 변화시키기 어려운 것은 생각하지 않아야 함에도 그렇게 하고 있는 것입니다.

반면 '어떻게?'는 전혀 다른 차원의 생각을 퍼 올립니다.
사물에 대한 입체적인 지식들이 살아 움직이면서 풍부한
상상력이 발휘됩니다. 행동으로 전환이 가능한 대안들을
퍼 올립니다. 수많은 '이렇게'가 나타납니다. 세계적인 성
공학자 브라이언 트레이시는 2003년 한국 강연 중에 이런
연구결과를 이야기 했습니다.

"2년 동안 35,000명의 사람들을 리서치했다.

전화를 1주일에 1회 걸어서 '지금 무슨 생각을 하고 계세요?'라고
물었다.

35,000명의 사람들 중에서 성공한 사람들 Top10%는 전화로 질
문을 할 때마다 '어떻게?', 'HOW?'를 항상 생각 중이었다.

'어떻게 내가 원하는 것을 달성할 것인가?'를 항상 생각하고 있었
다. HOW를 생각하는 것은 자동차 액셀러레이터를 밟는 것과 같다.
HOW는 아이디어를 행동으로 옮길 수 있게 만든다. HOW는 우리
의 행동에 가속을 붙게 만든다."

우주 속에서 단하나의 진실은 '변화'라고 합니다. '왜 변
화하여야 하는가?'처럼 의미 없는 질문도 없을 것입니다.

오직 단 하나 의미 있는 질문은 '어떻게 변화할 것인가?'라고 생각합니다. 이제 당신이 삶의 여정 속에서 해야 할 것은 당신이 원하는 매력적이고 가치 있는 삶을 그리는 것입니다. 건강하고 활력에 넘치는 삶, 재정적인 자유를 누리는 삶, 사랑으로 가득 찬 관계 속에서 행복을 누리는 삶을 그리는 것입니다. 생각만 해도 가슴 뛰게 하는 그런 삶을.

그리고 "HOW, 어떻게?", "어떻게 하면 그 목표를 효과적으로 달성할 수 있을까?"를 통해 떠올리는 대안들 가운데 작은 변화부터, 가치 있는 변화부터 시작하면 됩니다. "정상에 올랐기 때문에 행복한 것이 아니라 행복하게 정상에 올랐다"라고 말할 수 있었으면 합니다.

이 책은 빨리 읽는 것보다는 음미하면서 읽기를 바라는 의도로 썼습니다. 가능한 한 하루에 한 가지씩, 순서는 없습니다. 21일간의 행복한 여행을 떠나시길 바랍니다. 이 책에서 제시된 사례를 참고 삼아 당신만의 '불후의 명작'을 그려 보시기 바랍니다.

당신은 별입니다.

기적을 일으키는 셀프코칭

제 1장 꿈이 삶이다.

Let`s try the miracle self-coaching How

어떻게 하면
긍정적인 생각과 말을 할 수 있을까?

 풀잎 : 너는 무슨 생각으로 길을 나서니?

개미 : 내겐 꿈이 있어.

"

"그 날은 회사에 출근한 평범한 날이었어요."

테레사가 오프라 윈프리 쇼에 출연하여 차분히 이야기를 시작했다.

"출근하고 20분이 지나서 사장이 저를 사장실로 부르더 군요. 그리고 더 이상 일할 필요가 없다고 얘기했어요. 짐 을 챙겨 집에 와서 엄마에게 얘기했지요. 제게는 한 살 된 아들이 있는데, 그 아이를 키우면서 해줄 것을 못할 수도 있다는 생각 때문에 너무나도 힘이 들었습니다. (울먹~)"

"그 고통 때문에 사장에게 소리지르고 싶었군요. 당신만 그러는 게 아니니까 계속 이야기 하세요."

오프라가 화통하게 테레사의 등을 밀어주듯 추임새를 넣 었다.

"『The Secret』을 다룬 지난 주 방송을 보면서 조용히 앉아서 듣고 있다가 갑자기 '맙소사' 한 발 물러서서 하나 님께 감사를 드렸어요. 사장이 부정적인 것이 아니라 제가 그렇더군요. 사장이 잘못한 것도 아니구요. 지금은 행복하 고 괜찮습니다."

"해고될 때마다 감사하다고 말하면 좋겠군요. 하하하 (짝짝짝 ; 청중) 정말 대단합니다."

"사장님께 편지를 써왔어요."

저를 해고하셨죠. 솔직히 말씀드리면 사장님께 분노와 증오를 참을 수 없었어요. 저를 해고해서 너무나도 속상했답니다. 그리고 오프라 윈프리 쇼를 보게 되었습니다. 방송 중에 중요한 이야기인 용서와 감사라는 단어가 와 닿았습니다. 저에게 그렇게 말씀하신 것에 대해 저는 사장님을 용서합니다. 저도 용서해 주시길 바랍니다. 저는 부정적이었고 오래 전에 그만두어야 했지요. 특히 잠시 학교 공부를 하고 싶었는데 그렇게 할 수 있도록 해 주셔서 감사드려요. 저를 채용해 주시고 또 해고해 주셔서 감사드립니다.

테레사의 이야기는 정말이지 감동적이다. 부정적인 상황을 긍정적으로 바라봄으로써 삶 전체를 의욕적이고 활력 있는 방향으로 이끌어가는 기적을 창조한 것이다.

'세계를 어떤 시각으로 바라보느냐?' '자신의 미래를 어떻게 보느냐?'는 운명을 결정짓는다.

십여 년 전 나는 지극히 부정적이고 비판적인 시각이 잘 발달되어 있는 사람이었다. 문제는 나 자신의 관점이었다. 나의 이런 자세를 바꾸지 않는 한 나의 미래는 너무나 어둡다는 것을 깨달았다.

아내와 난 부정적인 이야기를 하면 돈을 내기로 했다. 돈 그 자체가 구속력을 주는 것은 아니었지만 우리는 진심으로 우리의 속뜰이 따사로운 오월이기를 원했으므로 정성스럽게 긍정적인 이야기만 하려고 노력했다. 예를 들어 "그건 문제가 있는 것 아닌가?"를 "더 좋은 방법을 찾아봅시다."라고 하고, "넌 왜 집중력이 없니?"를 "너의 탁월한 집중력을 발휘해 보지 않겠니?"라고 하고, "산만하다."를 "호기심이 많다."라는 식으로 이야기했다.

한발 더 나아가 우리 부부는 긍정적인 에너지를 마시기로 결정했다. 방법은 물이 정보를 이해하고 반응한다는 신비로운 현상을 우리들에게 소개한 에모토 마사루의 책『물은 답을 알고 있다』를 읽고 응용한 것이다. 집안의 마시는 물병을 투명한 물병으로 바꾸고 사랑, 감사, 기쁨, 축복, 지혜, 집중, 도전, 성취, 치유, 풍요, 건강, 상생의 글자를 코팅하여 물병에 붙였다.

이 방법을 처음 시도하던 날 신비로운 일이 벌어졌다. 유치원 다니던 셋째가 맨 먼저 첫 물잔을 마시면서 "아빠 이건 생명수다!"라고 이야기 한 것이다. 도대체 어떻게 유치원생이 이런 이야기를 할 수 있을까? 이것을 신의 계시로 여긴 우리 가족은 셋째의 정의대로 긍정의 에너지가 가득한 '생명수'를 마시고 있다.

사랑, 감사, 기쁨
축복, 지혜, 집중
도전, 성취, 치유
풍요, 건강, 상생

변화를 시도한지 육 개월 정도가 지나자 마치 내 몸에서 땟물이 빠지듯 정신적인 정화가 일어나는 것을 느꼈다. 연일 아이들과 실랑이를 하던 아내에게도 구름이 걷히듯 평화가 찾아왔다. 특히 아이들은 감정적으로 안정되면서 자율적인 힘을 길러갔다. 부모의 작은 태도 변화에 아이들은 참으로 빠르게 그 성과를 보여주는 것 같아 감사했다.

한 번은 아내로부터 다급한 전화가 왔다. "여보 누군가 내 차 뒷좌석의 유리창을 깨뜨려 놨어요! 어쩌면 좋아요." 아내는 놀란 나머지 거의 흐느끼는 눈치였다. 그런 아내에게 내가 던진 첫마디는 "거참 잘 됐군요!"였다. "거참 잘 됐군요!"는 앤서니 라빈스의 『내 안에 잠든 거인을 깨워라』를 한국에 소개한 이우성 박사로부터 배운 기법이다.

우리의 삶은 '좋은 일'과 '어려운 일'이 반복되며 연속되는 것이 사실이다. '좋은 일'에 기뻐하는 것은 누구나 할 수 있지만 '어려운 일'을 당하여 긍정적인 의도를 찾아내는 것은 아무나 갖는 태도가 아니다.

"거참 잘 됐군요!"는 모든 일에는 긍정적인 의도가 있다는 전제로 터뜨리는 사고전환 기법이다. 신기하게도 "거참 잘 됐군요!"를 말하고 나면 "뭐가 잘 되었지?"라는 질문이 나온다. 그러면 우리의 뇌는 긍정적인 의도들을 찾아내어 '이것도 잘된 것이고, 저것도 잘된 것이고…'하면서 보이지 않는 긍정적인 요소들을 펼쳐 보여준다. 이왕 일어난 일은 바꿀 수 없지만 그 일에 대한 나의 태도를 바꾸어 삶의 활력을 이끌어가는 것이야말로 기적이다.

나는 아내에게 이렇게 말했다. "당신이 바로 다음 약속 장소로 이동하다가 큰 변을 당할 수 있는 위험이 있었을 거요. 그것을 피하라는 계시임에 틀림없는 것 같습니다. 그러니 반드시 정비소에 들르셔야 합니다. 얼마나 다행한 일입니까?"

그러자 아내는 전화 너머에서 "여보 고마워요. 위로가 돼요. 고마워요."라고 하면서 안도하는 것이었다.

인생을 살다보면 때론 길을 잘못 들기도 하고, 넘어지기도 한다. 중요한 것은 다시 길을 찾아나서는 것이고, 다시 일어서는 것이다. 그러기에 삶은 우리의 성품을 가꾸어주는 숲이다. 인생의 숲에는 오르막길과 내리막길이 있다. 오르막도 내리막도 인생 건강에는 좋다. 모든 일에는 긍정적인 의도가 숨어 있다.

'어떻게 하면 긍정적인 생각과 말을 할 수 있을까?'라는 질문에 찾은 답은 '말이 곧 사람이다'였다. 우리는 옷을 입고 사는 것이 아니라 말을 입고 산다. 그러므로 행복한 언어를 디자인하여 입어야 한다. 언어는 행복의 문을 여는 결정적인 열쇠다.

당신이 끊임없이 사용하는 말은 당신의 운명을 결정한다.
–앤서니 라빈스

66
오늘의 HOW 모든 일에는 긍정적인 의도가 있습니다.
지금 당장 "거참 잘 됐군요!"를 외치고 "뭐가 잘 되었지?"라고 질문해 보세요.
긍정적인 세계가 당신을 건강과 활력으로 이끌 것입니다. **99**

어떻게 하면
삶을 겸허하게 이끌 수 있을까?

"

 풀잎 : 넌 너무 앞서가는 것 아니니?

개미 : 아냐, 난 간절함으로 무릎을 꿇고 있어.

"

겸허Humility를 사전에서 찾아보면 '아는 체하거나 잘난 체하지 않고, 겸손하며 삼가는 태도가 있음'으로 나온다. 역사 속에서 존경받는 사람치고 겸허하지 않는 사람이 없다. 그들은 태산 같은 비전을 품었으되 겸허했던 사람들이었다. 명성보다는 깊은 인격에서 나오는 실존이 그들을 더 큰소리로 말하고 있었다.

미국에서 성공하는 사람들의 생활을 추적 조사해 보니 성공한 사람들은 자기 자신만의 기도문이 있다는 보고가 있다. 새로운 비전을 그려가면서 성공학에 관한 연구를 하고 있는 나로서는 이 보고가 의미 있게 다가왔다. 나는 기도하지 않고 있었기 때문이다. 나는 반사적으로 '나도 기도를 해야겠다.'라고 결정했다.

기도는 종교의 전유물이 아니다. 기도는 우주가 인간에게 선사하는 아주 특별하고 소중한 선물이다. 행복은 이미 궁극의 차원에 존재하고 있으며, 기도는 우리를 궁극의 차원으로 이끌어 주기 때문이다. 당신이 무엇인가를 간절히 원한다면, 주저하지 말고 기도하기 바란다. 그래서 당신 자신이 우주 안의 모든 에너지와 연결되어 있다는 것을 체험하기 바란다.

−틱닛한의 〈기도〉 중에서

비록 선명하지는 않았지만 나름 영혼의 무게를 실어서 새롭게 그려가는 비전을 가만히 들여다보니 이건 도저히 나만의 것이 아니었다. 세상이 도와주어야 하고, 대부분의 비전처럼 함께할 팀이 필요한 것이었다. 늦깎이인 나 자신의 개발과 준비도 만만치 않은 상황인데 팀 멤버들은 언제 어떻게 만나게 되며, 또 누구란 말인가? 자원은 순조롭게 동원될 것인가? 설사 팀이 꾸려진다 해도 우리의 고객은 누구이며 세상은 나를 반겨줄 것인가? 결국 성공은 생태적인 것이고 개인의 의지가 차지하는 비중은 미약하다는 깨달음이 왔다.

나는 사실 참 오만한 사람이었다. 과거에 아내는 곧잘 나를 이기적인 사람이라고 했다. 그 말이 도저히 이해가 되질 않아서 속으로 무척 불쾌하게 생각했던 적이 있다. 그러나 나의 현실은 무릎을 맞대고 진지하게 삶의 깊은 곳을 함께 나눌 수 있는 친구 한 명 없는 외톨이였다. 먼 바다에 남겨진 섬처럼. 내가 외로운 섬이라는 인식이 일어나자 사람이 희망이고 기회라는 앞선 분들의 말이 귀에 들어왔다.

아무도 계획을 세우지 않았으나 저절로 생명이 번성하는

숲이 이루어지는 것과 정원사의 의도대로 아름다운 정원이 만들어지는 것도 본질적으로는 보이지 않는 손의 도움 없이는 존재할 수 없었다. 어느 순간 "〈이 세상에 기적이란 없다와 그 모든 것이 기적이다.〉는 둘 다 진실이다."라고 했던 아인슈타인의 성찰과 같은 느낌 속에 깊이 빠져들면서 비로소 하느님 앞에 무릎을 꿇었다. 나는 무작정 아침마다 손을 모으고 기도하기 시작했다. 처음엔 여러 생각들이 뒤섞이면서 다양한 기도가 되다가 어느 때부턴가는 일정한 기도문으로 정리되기 시작했다. 마치 흙탕물의 앙금이 내려앉는 것처럼. 그리고 마침내 명확한 기도가 반복되기 시작했다.

"사랑이신 주님 찬란한 하루를 주셔서 감사드리오며,
오늘 하루를 기뻐하며 즐기겠나이다.
제가 깨달은 사명과 비전을 이룩할 수 있도록 도와주셔서 감사드리오며,
저와 함께 하는 모든 사람들이 자신의 사명과 비전을 깨닫고 그것을 이룰 수 있도록 힘과 용기와 지혜를 주시옵소서.
저희에게 힘을 주시는 주님
주님 안에서 이루지 못할 일이 없음을 믿나이다. 아멘"

이젠 아침마다 잠에서 깨어나려고 의식이 돌아오면 마치 녹음테이프가 돌아가듯이 이 기도가 뇌 속에서 먼저 재생된다. 다시 일어나 자세를 갖추고 기도하는 것으로 매일 아침을 시작하는 것이 이제는 일상이 되었다.

> 하루를 기도로 시작하고 기도로 끝내십시오. 기도의 힘을 믿는다면 사람들이 보통 느끼는 의혹과 두려움, 고독을 극복할 수 있습니다.
>
> ―마더 테레사

그 사이 내 삶의 여정 속에 수많은 시련과 역경이 있었다. 가족의 중병, 수입의 축소, 아이들의 교육비 상승, 부채의 증가로 진퇴양난의 상황에 긴 시간 빠져 있었다. 그런 가운데서도 아침 기도는 계속되었다. 지금 생각해 보면 기도의 힘으로 늘 비전의 한가운데 서 있을 수 있었고, 수많은 보이지 않는 손길의 도움이 있었다. 능력을 개발할 수 있는 기회도 주어졌고, 훌륭한 파트너들도 만나게 되어 좋은 팀을 꾸려나가고 있다.

'**어떻게 하면 삶을 겸허하게 이끌 수 있을까?**'라고 끊임없이 질문을 던지고 있을 때 다가온 해답이 '기도하는 삶'이었다. 기도는 절대자와의 대화이고 내 삶을 봉헌하고자 하는 겸허한 약속이 되었다. 기도는 흔들림 없는 정체성을 지지해 주는 버팀목이었다.

> 기도는 신의 직접적이고도 즉각적인 조건반사를 불러일으킬 수 있는
> 영적인 '화학반응'이다.
> – 나폴레온 힐

66

오늘의 *HOW* 당신은 지금 당신의 잠재력을 일깨울 '위대한 선택'을 했습니다. 오늘 당신의 선택을 격려해 줄 기도문을 만들어 스스로를 격려해 보십시오. 성공하는 사람에게는 자신만의 기도문이 있었습니다. **99**

어떻게 하면
가치 있는 삶을 살 수 있을까?

66

 풀잎 : 보이지 않는 의미가 무엇을 할 수 있을까?
 개미 : 의미가 사라진 곳엔 아무것도 남지 않아.

99

　사람은 B Birth to D Death의 인생을 산다. 이건 모든 사람이 동등하다. 차이를 내는 것은 C Choice에서다. 결국 인생은 B Birth→ C Choice→ D Death로 흐르는 과정인데 선택이 모든 것을 좌우한다.

　선택에 따라 인생은 다양한 프리즘으로 나타난다. 사람은 어떤 기준을 가지고 선택을 이끌어 갈까? 『성공하는 사람들의 7가지 습관』의 저자 스티븐 코비는 효과적인 인생을 사는 주도적인 사람들은 가치관에 따라 일관된 선택의 능력을 발휘하지만 비효과적인 사람들은 상황과 여건 때문에 일어난 감정대로 반응하는 사람들이라고 했다. 성공하려면 자신이 소중하게 생각하는 가치를 명확히 하고 그것을 일관되게 선택하는 능력을 발휘해야 한다. 그 때서야 비로소 사람은 성실성을 발휘하는 것이며, 이 성실성이 신뢰의 원천이고 리더십의 기초라고 이야기하고 있다.

　나는 가끔 강의 중에 "당신이 소중하게 생각하는 가치가 무엇입니까?"라고 질문한다.

"행복입니다."

"사랑입니다."

"가족입니다."

"일 입니다."

"뭐니뭐니해도 돈입니다."

"신앙입니다."

....

이렇듯 수많은 가치가 나오는데 빈도수를 따른다면 행복, 가족, 일, 돈… 순이다. 솔직히 가장 많은 관심을 두는 것은 무엇이냐고 다시 물어보면 단연 일 순위가 '돈'으로 대답이 나온다. 명분상의 가치와 실제 온통 관심을 두고 있는 가치는 상당한 거리가 있었다. 나는 오늘날 친구들과 이웃들이 소위 돈이라는 당면과제에 몰입하고 있으며, 돈의 논리가 펼치는 영향력에 휘둘리고 있음을 여러 측면에서 느끼고 있다.

어느 기업 차장급 연수에선 거두절미 하고 "요즘 최고의 관심사는 무엇입니까? 포스트잇에 써서 칠판에 붙여 주세요."라고 요청했다. 놀랍게도 재테크, 재테크, 재테크, 건강, 재테크, 재테크, 재테크, 아이교육, 재테크, 재테크… 로 나타났다.

나는 참가자들에게 "어떤 것들을 부라고 합니까?"라고 물었다. 돈, 부동산, 증권, 채권, 차, 자격증, 신분증 등

등이라고 했다.

"결국 다 눈에 보이는 부군요. 보이지 않는 부에는 무엇이 있을까요?"라고 물었다. 정말이지 모두 말을 못했다. 그래서 몇 가지 가치들을 차분히 나열했더니 고개를 끄덕였다.

신체적인 건강, 좋은 습관, 좋은 인간관계, 신뢰, 가치 있는 비전의 추구, 행복한 가정, 사람을 보는 안목 등은 보이지는 않지만 참으로 중요한 가치들이다. 사실 가치들은 보이지 않지만 우리 삶의 뿌리이자 줄기에 해당된다. 뿌리가 빈약하거나 줄기가 병들면 열매보이는 富는 더 이상 수확할 수 없다. 지속적인 수확을 원한다면 반드시 뿌리와 줄기보이지 않는 富를 돌보아야 한다. 사실 이것이 원칙이다. 그럼에도 우리는 열매에만 관심을 가지고 있는 성급한 실태를 살아가고 있다.

나폴레온 힐은 "인생의 12가지 재산"을 제시하면서 모든 '부'의 본질은 마음가짐에서부터 시작한다고 했다. 그는 "사람들은 '부'란 돈으로 이루어져 있다고 믿는다. 그러나 넓은 의미에서 영구적인 '부'란 물질과는 다른 많은 가치들로 완성되며, 이러한 무형의 가치가 배제된 금전소유는 절대 행복을 가져다주지 못한다."라고 단정하였다.

내가 만난 한 공무원은 공직생활 내내 모든 선택의 중심에 '어떻게 하면 승진할 수 있을까?'라는 질문에 충실히 답하는 삶을 살아왔다고 했다. 그가 간부가 되고 난 다음 자신의 삶을 되돌아보니 공직은 자신의 출세를 위한 도구에 불과했다는 것을 바라보게 되었다. 그는 다시 기억을 되돌려 공직생활 초심을 살펴보고 난 다음 남은 공직생활은 가치 있게 헌신하리라 다짐했다.

그 후 그는 늘 '무엇이 가치 있는 일인가?'와 '어떻게 하면 가치 있는 일을 할 수 있는가?'라고 질문했다. 그의 이 결정이 기존의 관행과 구습을 깨고 끊임없이 혁신을 창조하는 원동력이 되었고, 눈부신 혁신을 이끌었다. 현재 그는 부하직원들이 가장 함께 일하고 싶은 공무원으로 사랑과 존경을 받고 있다.

흔히 많은 사람들이 눈에 보이는 것이 전부라고 생각하지만, 눈에 보이지 않는 것들 중에 의미와 가치 있는 일들이 참으로 많다. 우리가 펼치는 일 안에는 삶을 보다 풍요롭게 만드는 가치들이 존재한다. 삶을 가치 있게 살아간다는 것은 자신의 가치를 명확히 하고 그 가치가 무너질 수 있는 역경에도 불구하고 가치를 지켜내는 능력이다.

나는 이런 가치들을 소중하게 생각한다. 사랑·평화, 은총·축복, 건강·활력, 지성·능력, 나눔·겸손, 풍요·번영, 정직·성실, 나눔·헌신, 열정·결단, 배려·용기, 창의, 시대정신 등이다. 특히 사랑·평화, 은총·축복이 내 삶의 중심에서 늘 샘물처럼 솟아나기를 소망한다. 중요한 것은 사람들이 모든 선택의 순간에 이런 가치를 선택할 수 있는 위대한 능력을 이미 가지고 있다는 것이다. 다만 방법을 모르거나 가치 중심의 선택이 가져올 풍요로운 삶을 믿지 못하고 있을 뿐이다.

마음이 원하는 소중한 가치가 '사랑'일 수도 있고, '열정'일 수도 있다. 자신이 가장 소중하게 생각하는 가치 중 다섯 가지 정도를 선택하여 늘 '어떻게 하면 사랑하고 사랑받을 수 있을까?'라는 방식으로 질문하면서 그 질문에 답변을 써 나가듯이 모든 선택들을 일관되게 이끌어 나간다면 기적처럼 눈부신 세계가 펼쳐지는 것을 경험하게 될 것이다.

'어떻게 하면 가치 있는 삶을 살 수 있을까?'라는 질문에 드러난 답은 '삶의 모든 선택의 순간에 충실해야 한다.'는 사실이었다. 누구나 가치를 추구한다. 그러나 일관되게 '~에도 불구하고' 바른 선택을 이끌어가는 사람은 많지 않다. 사람들은 충실하게 자신의 중심 가치를 놓치지 않는 사람들에게 무한한 신뢰와 존경을 보낸다. 이것을 공자는 자신을 사랑하는 최고의 방도로써 '충忠'이라 했다.

> *사람이 빵만 구하면 빵도 얻지 못하지만,*
> *빵 이상의 것을 추구하면 빵은 저절로 얻어진다.*
> *-서양 속담*

66

오늘의 HOW 당신은 분명 풍요로운 인생을 이끌 무한한 능력을 가지고 있습니다. 당신 인생의 중심가치 다섯 가지를 정해 보십시오. 만약 당신이 일관된 선택을 이끌어간다면 이 세상의 빛이 될 것입니다. 99

어떻게 하면
꿈은 이루어진다는 믿음을 가질 수 있을까?

"

 풀잎 · 꿈을 이룰 확률은 몇 퍼센트나 되니?
🐜 개미 : 꿈에 필요한 것은 확신이야.

"

모 기업 중간간부 리더십연수 중에 "주식에 투자하고 계
시는 분은 손을 들어 보세요."라고 요청을 했더니 약 60%
정도가 주식에 투자하고 있다고 했다. 당시는 주식이 강세
장으로 연일 고가를 갱신하고 있는 시기였고, 펀드다 주식
이다 해서 돈이 주식시장으로 몰리고 있는 상황이어서 그
랬는지 많은 사람이 주식에 투자하고 있었다.

나는 그분들에게 "자신이 투자한 주식이 상승할 것이라
는 기대감을 갖고 계십니까?"라고 묻자 모두가 그렇다고
했다.

나는 또다시 질문을 바꾸어 "자신이 투자한 주식이 상승
할 것이라는 확고한 믿음을 갖고 계십니까?"라고 물었다.
그러자 이번엔 목소리가 줄어들었다.

나는 한 발 더 나아가 "자신이 투자한 회사가 가치에 비
해 가격이 저평가된 주식으로써 때가 되면 시장 속에서 가
치가 실현될 것이라는 근거로 투자하신 분은 손들어 주십
시오."라고 요청하자 단 한 사람도 손을 들지 못하였다.

어찌된 일인지 주식시장으로 돈이 몰리고 있는 강세장에
서도 원금 손실이 여전한 일반 투자자들이 수익을 내는 투
자자들보다 많다는 사실이 재미있다.

세계적으로 투자의 신으로 불리는 워렌 버핏은 저평가된 가치주식을 골라서 장기 보유하는 기초적인 원칙을 지키는 것으로 유명하다. 나는 주식에는 문외한이지만 꿈에 관한 태도도 이와 똑같다고 생각한다. 가치 있는 꿈을 갖는 것이 중요하고 그것이 이루어지는 데는 시간이 필요하다는 단순한 원칙이다.

> 현대인에게 가장 무서운 병은 조급증이다.
> 사람들은 서서히 성장하는 것보다 급성장을 좋아한다.
> 급성장을 자랑거리로 삼는다. 어떤 버섯은 6시간이면 자란다.
> 호박은 6개월이면 자란다.
> 그러나 참나무는 6년이 걸리고, 건실한 참나무로 자태를 드러내려면 100년이 걸린다.
>
> ─강준민의 『뿌리 깊은 영성』 중에서

가장 위대한 업적도 처음 한동안은 꿈에 불과했다. 꿈은 분명 현실의 씨앗이다. 현실은 우리가 내뿜는 열망의 결과이다. 그러나 건실한 열매를 맺는 꿈 또한 그리 많지 않음도 현실이다. 꿈이 결실을 맺기 위해서는 가치 있는 꿈에 끈기를 가지고 초점을 맞추어야 한다.

돋보기를 가지고 종이에 불을 붙여 보았을 것이다. 적은 노력으로 대지를 태우고도 남을 불씨를 창조하는 신비한 체험은 감동적이다. 그러나 돋보기의 초점을 이리저리 흔들거나, 돋보기를 띄었다 붙였다하면 불이 붙지 않는다. 돋보기의 초점을 맞추고 끈기 있게 기다려야만 불이 붙는다. 틀림없이 불이 붙는다.

"우리가 불을 만들었는가?"

"아니다."

"종이가 만들었는가?"

"아니다."

"태양이 만들었는가?"

"아니다."

여러 섭리들이 동시적으로 동조화하여 불이 만들어진 것이다. 우리는 그 상세한 내용을 설명하기는 어려우나 똑같은 방법으로 똑같은 결과가 어디에서나 일어나는 현상을 일컬어 법칙이라고 한다. 꿈도 법칙에 따라 추구하는 꿈이 이루어지는 것이다.

한 번은 10대들로 구성된 '게임사관학교' 학생들에게 강의할 기회가 있었다. "여러분은 게임을 통해 어떤 가치를 실현하려고 하십니까?"라고 질문했더니 아무도 대답하지 못했다. 게임이 좋아서 게임사관학교에 입학하고서도 단지 게임이 재미있다는 것 외에 어떠한 가치의식도 형성되지 않은 그들이 정말로 안타까웠다. 재미는 유효기간이 짧다. 재미는 끈기를 발휘하는 에너지로는 턱없이 미약하다.

　사람들은 투자를 하든, 어떤 목표를 추구하든 그 일을 하는 가치인식 즉, 목적이 불분명한 경우가 많다. 사실 나도 성공학을 공부할 마음을 먹던 초기에는 막연한 성공에 대한 동경과 빠르고 쉬운 지름길을 찾아내려고 하는 불순한 의도를 가지고 있었음을 솔직히 시인한다. 그땐 그것이 얼마나 불순한 것인지 알지 못했다. 호된 대가를 치른 후에야 법칙을 따르지 않으면 용서가 없다는 것을 깨달았다.
　사람들은 일반적으로 그 일이 어떤 가치를 가지고 있는가에 대한 깊은 성찰은 하지 않은 채 그 일이 얼마나 쉬운지 아니면 어려운지를 먼저 따져서 태도를 결정한다. 이런 태도를 지혜로움으로 여기며 살아가는 사람들이 많다. 그러나 이런 기준을 바탕으로 선택한 태도는 장애를 만나면 곧바로 무너져 버린다. 정말이지 이런 태도는 확실하게 실패의 법칙을 따르는 것이다. 반면 지혜로운 사람들은 비록 어렵지만 그것이 가치 있는 일이라면, 믿음을 가지고 끝까지 추구하는 힘을 발휘하는 사람들이다.

Top10%에 들기 위해서는 대단한 헌신과 노력이 필요하다. 어느 분야에서건 장인이 되기 위해서는 7년이 걸린다. 그러나 우리는 대부분 조급증 환자다. '다음 주까지 최고가 돼야지.'라고. 신경정신과 의사가 뇌수술을 하려고 해도 7년이 필요하다. 회사가 수익의 안정성을 확보하려면 7년이 필요하다. 목수도 7년이 지나야 한다. 영업사원도 마찬가지….

-브라이언 트레이시 강연 중에서

지금 이 순간도 가치 있는 꿈에 초점을 맞추고 끈기 있게 밀고 나가 의미 있는 결과를 만들어내는 사람들이 이 세계엔 헤아릴 수 없이 많다. 그러므로 '꿈은 이루어진다.'는 선언은 법칙을 바탕으로 한 선택에 의해 신념이 되는 것이다. 나폴레온 힐은 '신념은 평범한 사고의 에너지를 영적인 수준으로 변화시키는 힘이며, 우주의 무한한 지혜에 사람이 다가갈 수 있는 유일한 통로'라고 말했다.

'어떻게 하면 꿈은 이루어진다는 믿음을 가질 수 있을까?'라

는 질문에 다가온 해답은 '안일함과 조급증'을 버리는 것이었다. 지름길은 없다. 내안의 불성실한 마음을 버리자 견고한 법칙이 눈에 들어왔다. 세상과 법칙은 틀림없이 꿈을 추구하는 자를 돕는다. 그것이 우주의 섭리이기 때문이다.

> 자전거는 오직 앞으로 나아갈 때만 균형과 평형을 유지할 수 있다.
> 인간은 목표를 추구하며 살아가도록 방향이 설정되어 있다.
> —댄 케네디

66

오늘의 HOW 당신이 가지고 있는 꿈의 가치를 분명히 해 보세요. 당신이 고결한 꿈에 초점을 맞추고 열정과 끈기를 발휘한다면, 당신의 꿈이 세상의 열망이 될 것입니다. 99

어떻게 하면
내게 무한능력이 있다는 것을 알 수 있을까?

낸시 메리키는 열 살 때 소아마비로 목발을 짚게 되는 장애를 입었다. 부모는 낸시가 걸을 수 있도록 다리 근육 강화에 좋다는 수영을 가르쳤다. 그 후 열아홉 살 때 낸시는 전국 수영대회에서 1등을 거머쥐었다.

루즈벨트 대통령이 낸시에게 물었다.

"불편한 몸으로 어떻게 챔피언이 될 수 있었죠?"

"계속했을 뿐입니다. 각하" 낸시의 대답이다.

램프의 요정 '지니'처럼 상상하고 원하는 것은 뭐든지 이뤄내는 그런 능력이 있었으면 좋겠다는 생각을 해 본 적이 있었다. 나이를 먹고 평범한 생활인이 된 다음엔 누구나처럼 나 역시 '지니'는 만화 속에나 나오는 비현실의 환타지일 뿐이었다.

그런데 나이 마흔을 바라보면서 '지니'에 대한 동경이 다시 시작되었다. 평범한 일상의 틀을 깨고 매력적으로 성공한 사람들처럼 되고 싶은 마음으로 여러 자기개발서를 읽으면서 '신념의 마력' 또는 '무한능력' 등에 관심이 쏠리기 시작했다. 정말이지 내게도 무한능력이 있는지 알고 싶은 마음이 굴뚝 같았다.

한번은 숯불 위를 걷는 모임에 참가했다. 숯불의 온도는 약 700℃를 넘는다고 했다. 뜨거운 숯불이 약 5m정도 깔려 있었고, 그 위를 맨발로 걸어가는 것이었다. 결코 만만한 것은 아니었다. 나를 포함해 약 50여 명이 참가하고 있었고, 방송사에서도 특별한 이벤트를 취재하기 위해 리포터와 카메라가 동원되어 있었다.

참가자 모두는 '무한능력'에 대한 사전 학습과 더불어 자신감 고취를 위해 수없이 '나는 할 수 있다!'를 외쳤다. 드디어 모든 사람이 숯불의 열기보다 '자신감'으로 넘쳐날 때가 되자. '나는 할 수 있다.'를 외치며 숯불 위를 당당히 걸어나가기 시작했다. 숯불 위를 맨발로 무사히 걸어 나온 뒤의 그 성취감과 쾌감이란 '얏호~!' 짜릿함 그 자체였다. 지금도 할 수만 있으면 많은 사람들이 이런 체험을 해 보기 바라는 마음이다.

어느 심리학자는 사람이 고무된 상태에서 발휘하는 능력은 그렇지 않았을 때의 4배에 달한다고 주장했다. 평범한 상태에서는 기껏해야 20~30%의 능력을 발휘하는 반면 고무된 상태에서는 80~90% 능력을 발휘한다는 것이다. 사람이 능력을 발휘하는데 남의 격려나 칭찬 또는 자기 자신의 내부로부터 피어나오는 고무된 자신감이 큰 힘을 발휘한다는 것이다.

어떠한 상황에도 불구하고 고무된 자신감을 유지할 수만 있다면 상대적으로 평범한 일상을 살아가는 사람들에 비해 비교할 수 없는 차이를 만들어 낼 것이라는 것은 분명하다. 문제는 평범한 일상 속에서 꿈을 다 접어 버리고 소시민으로 살아왔던 지난날의 경험과 지식, 한계, 불신들이 끊임없이 자신감을 가로막고 선다. '지난 날에 네가 어떤 사람이었는지 다 알고 있다.'고 말하는 자신의 내면에서 나는 소리에 귀를 막을 방도가 없는 것이다.

한번은 신부님이 진행하는 세미나에서 나 자신과 사람에 대한 보다 더 긍정적이고 진취적인 믿음을 갖게 된 결정적인 깨달음의 계기가 있었다. 신부님은 우리에게 컵을 그리게 한 다음 이렇게 요청했다.

"자신이 원하는 멋진 인생을 살아가는데 얼마만큼의 가능성과 능력을 갖추고 계시는지 컵을 채워보시지요."

참가자들 대부분 3분의 1이나 2분의 1을 표시했다. 나는 3분의 1정도를 표시했다. 그러자 신부님은 "여러분이 자신에 대해 그렇게 생각하고 계신다면 여러분은 여러분이 원하는 삶을 살아가기 어려울 것입니다."라고 단정적으로 이야기했다. 참가자 모두가 머쓱해지는 분위기였다. 특히 나는 마음속에서 약간의 반발심이 올라오는 것을 애써 참고 있었다. 그것을 다 알고 있기나 한 듯 "여러분 자녀들의 컵을 채운다면 어떻게 표시할 것입니까?"라고 질문했고, 참가자 대부분은 "그야 차고 넘치지요."라고 대답했다.

그 대답이 떨어지기가 무섭게 "그러면 여러분의 자녀들은 어떤 경력과 자격 또는 업적을 가지고 있기에 그렇게 말씀하시는 것입니까?"라고 다시 물었다.

우리는 말문이 막혔다. 오직 아이들은 순수한 가능성과 잠재력의 덩어리 그 자체로 눈부시다는 것은 우리가 다 아는 사실 아닌가.

신부님은 조용히 "여러분도 하느님이 보시기에는 똑같습니다."라고 선포했다.

전율이었다. 그 순간을 잊을 수가 없다. 그 뒤로 사람을 보는 시각은 큰 변화를 일으켰다. 자동차의 크기, 집의 평수, 직업 등에 근거하여 사람을 평가하던 습성이 힘을 잃었다.

그렇다. 사람은 언제나 무한한 가능성과 잠재력의 덩어리인 것이다. 그러나 우리 자신이 차고 넘치는 컵이라고 생각하는 것만으로는 아무런 일이 일어나지 않는다. 작은 시도일지라도 그에 합당한 행동에서부터 시작된다.

2차 대전 후 맥아더장군이 일본으로 초빙한 에드워드 데밍 박사는 일본의 주요기업 사장과 중역들을 모아놓고 품질 개선 방법을 강연하며, "내 말대로만 하면 수년 안에 일본이 세계 시장을 장악하게 될 것"이라고 장담을 하자 모두 놀라운 표정으로 어림없는 이야기라고 반문하면서도, 당시 일본은 전쟁으로 폐허가 된 마당에 데밍 박사가 시키는 대로 해 봐도 더 이상 손해 볼 것도 없다고 생각하여 미친 듯이 데밍 박사의 아이디어를 실행에 옮겼다.

일본 기업들의 지속적인 품질 개선 활동은 오차 범위를 만족시키는 수준이 아니라 아예 오차를 없애는 경지까지 도달하게 되었다. 그 결과 일본 제품들은 세계시장을 지배하게 되었다. 일본인들은 데밍에게 감사하는 마음으로 일본 최고의 품질관리상을 만들어 "데밍상"이라 부르고 있다. 어떤 영역이든지 작지만 지속적인 '카이젠(改善)'이 세계를 지배한다는 믿음 위에 오늘날의 일본이 있는 것이다.

이처럼 우리가 최고를 추구하는 마음을 가지고 현실적으로는 아주 작은 변화 즉, 1%의 변화를 지속적으로 이끌어낼 수만 있다면 그것은 얼마 안가서 우리가 가지고 있는 한

계를 돌파할 것이라는 것은 자명해 보인다. 무한능력이란 할 수 있는 작은 변화를 이끌어내는 순간부터 발휘되기 시작하는 것이다.

'어떻게 하면 내게 무한능력이 있다는 것을 알 수 있을까?'라는 질문에 떠오르는 해답은 단지 1%의 변화를 일으키고 그 다음 그것을 지속시키는데 있다는 깨달음이었다. 우리 모두는 현실 속의 '지니'인 것이다.

> *기자 : "수녀님은 그 연약한 몸으로 어떻게 하여*
> *전 지구적인 영향력을 끼칠 수 있으십니까?"*
> *마더 데레사 : "나는 매일같이 한 번에 한 사람에게 최선을 다했습니다."*

66

오늘의 HOW 당신 내부에는 '지니'가 있습니다. 오늘 당신의 컵을 차고 넘치게 그리고 그 컵에 당신의 이름을 새겨 보세요. 당신이 오늘 1%의 변화를 일으키는 순간 '지니'는 작업을 시작합니다. **99**

어떻게 하면
유효한 비전을 세울 수 있을까?

"

 풀잎 : 넌 모든 걸 너무 쉽게 여기는 것 같아.

개미 : 가능성은 용기에 의해서만 열리는 문이야.

"

　요즘처럼 성공할 수 있는 방법에 대한 실용 정보가 많았던 적은 없었던 것 같다. 그런데도 인구의 5%만이 은퇴 후에 풍요로운 삶을 누린다는 것은 의아한 일이 아닐 수 없다. 현재 직장인들의 80%가 지금 하는 일이 아닌 다른 일을 하고 싶어하며, 85%는 자기가 가진 능력에 비해 더 낮은 일을 한다는 느낌을 받고 있다고 고백하고 있다. 대부분 자신의 생각대로 사는 것이 아니라 상황에 맞추어 살아가고 있다는 뜻이다.

　그렇다. 인생은 어려운 것이다. 누가 인생을 쉽다고 할 수 있겠는가. 그럼에도 분명 인생을 행복하게 살아가는 사람들이 있다. 심지어 역경마저도 행복하게 극복했다는 사람들이 있다. 그들이 했다면 나도 할 수 있는 것이다.

　인천 공항을 이륙한 비행기가 시드니 공항에 도착했다. 어떻게 하여 이 비행기는 시드니로 날아갔는가? 목적지가 시드니이기 때문이다. 전문가들의 이야기에 의하면 이 비행기는 99%의 시간 동안 궤도에서 벗어나 있다. 그 때마다 수정하고 수정하기를 반복하는 조종을 통해 목적지에 도달한 것이다. 인생도 마찬가지다. 목표가 없는 인생은 목적지가 없는 비행기와 같다.

그럼에도 불구하고 대부분 목표와 비전을 세우지 않거나 추구하지 않는 이유가 뭔가. 자신들의 삶에 책임질 준비가 되어 있지 않거나, 목표를 세우는 방법을 모르기 때문이다. 한마디로 두려움 때문이다. 경영학의 아버지로 불리는 피터 드러커는 그의 저서 『프로페셔널의 조건』에서 많은 경우 비전의 유효성과 실용성을 측정할 기준이 없다는 것이 사람들을 두렵게 한다고 했다. 21세기는 모두가 자기 자신을 경영해야만 하는 시대인데 거의 대부분의 사람들이 전혀 준비되어 있지 않다는 사실이 안타깝다고 하면서, 사람들에게 자신이 하고자 하는 일에 대해 몇 가지 질문을 해서 진단해 볼 것을 권했다.

'자신이 바라는 비전이 자신으로 인해 미래에 일어나기를 진정으로 바라는가?'를 질문하라고 한다. 기업가적 비전은 행동으로 옮기는데 유효성을 가지고 있어야 한다는 것. 즉, '우리는 이 비전을 바탕으로 행동할 수 있는가? 우리가 원하는 그런 종류의 미래를 실현시키기 위해 지금 당장 실제 행동에 옮길 수 있는 것인가?'에 분명히 답할 수 있어야 한다는 것이다. 또 기업가적 비전은 경제적으로도 유효성

61

을 가지고 있어야 한다는 것. 즉 어떤 비전을 실제 작업에 적용하면 그것은 곧바로 경제적 결과를 산출할 수 있어야 한다. 결국 유효한 비전은 이익을 내면서 팔릴 수 있어야 하고, 그것을 요구하는 사람과 필요로 하는 사람을 만족시킬 수 있어야 한다는 것이다.

그리고 마지막으로 그 비전은 개인적인 가치관과도 부합할 것을 요청했다. '우리는 진실로 그 비전을 신뢰하는가? 진정 그것이 실현되기를 바라는가? 진정 그것을 하고 싶은가? 진정 그런 종류의 사업을 경영하기를 바라는가?'라는 것을 검증해 보라는 것이다.

그릇된 맹목적 확신은 불행을 초래한다. 그래서 인생은 방향성이 중요하다. 자신의 비전이 객관적, 합리적, 보편적이면서 미래지향적인 요소를 가지고 있다면 마음껏 자유롭게 행동을 전개할 수 있을 것이다. 목표를 설정하고 그것을 성취하기 위한 계획을 세우는 능력이 바로 성공의 핵심적인 요소이다. 그 다음은 용기 있게 과감한 작업을 수행하는 것이 필요할 뿐이다.

우리가 원하는 미래를 만들기 위해서는 스스로 무언가 새로운 일을 하는 것을 마다해서는 안 된다. 미래를 만들기 위해서는 용기가 필요하다. 그것은 고된 노력을 필요로 한다. 그것은 또한 신념도 요구한다. 그저 편리한 대로 자신을 내버려두어서는 미래를 창조할 수 없다. 아무런 노력이나 헌신 없이도 실현될 수 있는 비전은 없다. 그런 비전은 가져서도 안되는 것 아닌가.

노벨물리학상 수상자인 일본의 천체물리학자 고시바 마사토시(小柴昌俊)는 얼마 전 한국을 방문했을 때 "일생에 한 번쯤은 '이건 꼭 해보고 싶다'라는 느낌이 올 때가 있을 것"이라며, "그럴 땐 과감하게 도전해야 한다."고 권했다. 소아마비 때문에 중·고교 시절 학업에 열중하지 못했었다는 그는 일종의 '오기'로 오늘날까지 오게 됐다고 털어놓으면서 "물리학과를 꼴찌로 졸업한 제가 노벨상을 타게 될 줄 누가 알았겠어요. '할 수 있다'는 느낌이 들 땐 도전해야 합니다."라고 커다란 돋보기안경 너머로 눈에 힘주어 말했다. 그의 눈에서는 충분한 대가를 지불한 사람에게서 나오는 안정감과 여유가 묻어나왔다.

'어떻게 하면 유효한 비전을 세울 수 있는가?'라는 질문에 유효한 조언으로 피터 드러커의 질문이 다가왔다. 그의 질문에 답을 다 써본 후 신발끈을 동여맬 수 있었다. 합리적이고 실현 가능한 비전은 분명한 행동을 이끌어내는 힘을 발휘했다. 성과는 문제를 해결하는데 있는 것이 아니라 기회를 개발함으로서 얻어지는 것이었다. 대가를 지불할 마음의 준비가 된 것이다.

> 미래를 창조하는 데 따르는
> 위험과 노력을 과감히 추구하지 않는 자(기업)는
> 이미 일어난 미래로 인해 한층 더 큰 위험 부담을 안게 될 것이다.
> ―피터 드러커

66
오늘의 *HOW* 당신은 이루고 싶은 비전을 가지고 있습니다.
오늘 그 비전을 피터드러커의 조언에 따라 점검해 보세요. 분명 내일부터 발걸음에 힘이 실릴 것입니다. 99

어떻게 하면
통찰력을 발휘할 수 있을까?

"

 풀잎 : 내겐 보이시 않는 것을 너는 어떻게 볼 수 있지?

개미 : 진정 중요한 것은 눈에 보이지 않아.

"

어떤 시골사람이 서울에 가서 돈을 벌겠다고 하자 친구가 근심스러운 표정으로 말했다.

"서울은 물 한 모금 마시려 해도 돈이 드는 곳이야. 신중히 생각하게."

그러자 시골사람이 이렇게 대꾸한다.

"그럼 꼭 가야겠군. 물 한 모금만 팔아도 먹고 살 수 있을 테니까."

이 얼마나 멋진 반전인가.

위험을 기회로 바꿀 줄 아는 사람이 리더다.

21세기 미래를 디자인할 창조, 열정, 리더십을 갖춘 인재가 절실하다고 한다. 특히 미래를 꿰뚫는 통찰력과 윤리의식, 인간미도 갖춰야 한다는 것이다. 여기서 통찰력Insight이란 무엇일까? 통찰력은 보이지 않는 것을 보는 능력이다. 일반적으로는 '세상에 대한 재해석' 정도로 이해할 수 있을 것이다.

세상을 재해석한다는 것은 기존에 가지고 있던 고정관념을 뛰어넘어야 한다. 모두가 가치를 발견하지 못할 때 가치를 부여하고 창조하는 능력인 것이다.

"사랑하면 알게 되고, 알게 되면 보이나니 그때 보이는 것은 전과 같지 않으리라." 이 글은 조선 정조 시대의 명 문장가인 유한준이 쓴 글인데 통찰력을 얻는 방법을 단적으로 보여주고 있는 글이 아닐까 생각한다.

결국 통찰력은 남다른 관심을 갖는 것에서부터 시작된다. 우리의 핵심 관심은 자신의 비전과 관련이 있다. 열망하는 비전보다 우리의 관심을 끄는 것은 없다. 그러므로 비전을 가지고 있는 사람들은 남들이 보지 아니하는 것을 보고, 들리지 않는 것을 듣는다.

역사상 위대한 사람들은 비전이 있는 사람들이었다. 그들 역시나 평범한 사람이었다. 비전을 갖는 순간부터 통찰력이 발휘되어, 위험 속에서 기회를 발견하는 능력을 얻게 되고, 그들은 위대한 사람들로 변모되었다.

결국 비전은 평범한 사람을 비범한 사람으로 바꾸어 놓는 결정적 단서이다.

헬렌 켈러는 "장님으로 태어난 것보다 더 불행한 사람은 시력은 있으되 꿈이 없는 사람이다."라고 했다.

자, 지금부터 잠시 책에서 눈을 떼어 당신 주변에 있는 빨강색을 찾아보라. 볼펜, 신발, 안경, 매직, 글씨, 귀걸

이, 의자, 넥타이, 입술, 셔츠, 양말, 핀, 버튼 등등 빨강
색이 있는 것은 미세한 것까지 죄다 보일 것이다.

　만약 당신이 좀 더 직관적인 사람이라면 혈관, 마음, 심
장, 열정 등등 보이지 않는 빨강까지 찾아냈을 것이다. 이
렇게 많은 빨강이 우리 주변에 있다는 사실이 놀랍지 않은
가. 빨강은 우리 주변에 이미 있었던 것이다. 다만 지각하
지 못했을 뿐이다. 빨강에 관심의 초점을 모으자마자 그
모든 것은 드러나기 시작했다.

　그렇다. 비전은 영혼의 눈동자다. 우리가 명확한 비전을
갖는 순간 우리 주변에 이미 있었던 수많은 정보와 사람 그
리고 기회가 드러난다. 또 어떤 역량을 길러야 하는지가
분명히 드러난다.
　오늘날을 정보의 홍수시대라고 말한다. 정보가 넘쳐나면
뭐할 것인가. 삶의 초점이 불명확하면 그것들은 아무런 의
미를 갖지 못한다.

　나는 리더십과 커뮤니케이션, 변화경영, 혁신, 코칭, 영
성에 지대한 관심을 가지고 있다. 나는 이와 관련된 정보

를 접하면 절대 놓치지 않고 스크랩한다. 그리고 이 분야 전문가와 책은 나의 관심을 비켜갈 수 없다.

　정말이지 사람의 미래는 '그가 어떤 환경에 있느냐?'가 아니라 '그가 어떤 비전을 가지고 있느냐?'에 의해 결정된다. 모든 대상은 바라보는 사람의 눈에 의해 다르게 해석될 수 있다. 통찰력 있는 리더는 모든 문제에서 반전의 기회를 찾아내는 사람들이다.

　1973년 자유의 여신상 대청소가 있었다. 대청소가 끝난 뒤 부식된 납과 흙, 목재들로 구성된 수십 톤의 쓰레기가 발생했다. 이 쓰레기들을 처리하는 것은 골칫덩어리였다.

　그때 한 사업가가 나타나 그 쓰레기들을 1달러에 사들였다. 그 사업가는 이 쓰레기들을 종류별로 분류하여 놀라운 일을 벌였다. 납은 녹여서 기념품 열쇠고리들을 만들고, 흙은 작은 화분에 담겼고, 목재들은 조각품으로 재탄생했다. 자유의 여신상에서 나온 재료로 만든 이 기념품은 날개 돋친 듯이 팔렸다. 골칫덩이라고만 여겨졌던 폐기물들도 그것을 보는 시각에 따라 얼마든지 반전의 기회를 찾아낼 수 있다.

눈을 뜨고 찾아내려고만 하면

이 땅 위엔

아름답고 귀한 것들이

얼마든지 있다.

　정진홍의 『인문의 숲에서 경영을 만나다』 중에 소개된 이야기는 통찰력의 힘을 느끼게 하는 대목이 있다.

　1999년 코펜하겐 공항에서 그린랜드 빙원을 통째로 사 들였다. 그리고 그 빙원을 각진 얼음으로 만들어, VIP 라운지와 항공기 1등석 고객에게 제공했다. 그 얼음에 담긴 이야기 한 구절을 쓴 카드와 함께였다.

　"이 얼음에는 피라미드가 만들어지기 훨씬 이전의 공기, 즉 태고적 숨결이 담겨 있습니다."

　얼음 자체의 가치는 미미하다. 하지만 멋진 이야기가 담기자 얼음은 보석 같은 존재가 되어버렸다. 고객에게 가치 있는 서비스를 제공하고자 하는 열망이 이런 통찰력을 발휘하게 한 것이다.

　'어떻게 하면 통찰력을 발휘할 수 있을까?'라는 질문에 발견된 대답은 '삶의 초점'이었다. 분명한 비전에 포커스하는 순간 통찰력은 살아 움직이기 시작했다. 기회는 내가 서있는 그 곳에 존재했다. 과거에는 무의미했던 것들도 훌륭한 학습의 계기가 되었다.

결국 사람은 비전이 있어야 성장한다.

> 기회는 비전의 사람을 찾습니다.
> 행운도 비전을 가진 사람에게 잡힙니다.
> 사람의 위대성은 그가 가진 비전에 달려 있습니다.
> ―작자 미상

66
오늘의 HOW 당신 안에는 위대한 통찰력이 있습니다. 오늘 당신이 포커스해야 할 초점이 무엇인지 결정하십시오. 위대한 통찰력은 가치 있는 비전을 통해서만 발휘됩니다. **99**

기적을 일으키는 셀프코칭

제 2장 도전이 기회이다.

Let`s try the miracle self coaching How

어떻게 하면
NO를 잘 다룰 수 있을까?

66

🌿 풀잎 : 너 자신을 이떻게 알 수 있지?

🐜 개미 : 고요히 침묵하지.

99

미국의 지혜로운 엄마들은 딸들에게 'NO'를 가르친다고 한다. 딸이 데이트 신청을 받을 때 반드시 'NO하라'고 한다. 그 NO를 극복하지 못하는 프러포즈는 진심이 아닐 가능성이 높다는 것이다. NO를 극복하고 시도하는 두 번째 프러포즈도 'NO하라'고 한다. 두 번 정도의 NO를 극복하지 못하면 용기가 없는 사람으로서 미련을 버리라고 한다. 세 번째 프러포즈에 'YES'하는 것이 만남을 긍정적으로 이끌 수 있는 현명한 태도라고 가르친다. 왜냐하면 세 번째 프러포즈에서야 성취된 데이트를 청년은 소중하고 기쁘게 생각할 것이라는 것이다. 그러므로 NO는 NO가 아니고 자신의 가치를 높이고 상대를 기쁘게 하기 위해서 반드시 필요한 것이 NO라는 지혜를 딸들에게 가르치는 것이다.

NO를 하는 방식도 중요하다. 상대에게 상처를 주는 NO가 아니라 "지금 나는 무척 흥미로운 세미나 준비로 바빠", "친구들과 함께하는 시간을 방해받고 싶지 않아"하는 식으로 지혜로운 NO를 가르친다. YES도 "일 주일 뒤에 약간 편안한 시간이 있는데 그때도 괜찮다면" 하는 식으로 유보된 YES를 하라고 가르친다. 왜냐하면 상대를 기쁘게 하기 위해서다.

생활 속에서 NO를 다루는 훈련이 되어 있는 미국인들은 협상 분야에 있어서 최강국이다. 한·미 FTA협상에서 미국 대표로 나온 웬디 커틀러를 비롯한 여성 협상단이 그 어려운 협상을 놀라울 만치 차분하게 이끌어 가는 것을 보았을 것이다. 『협상의 법칙』의 저자 허브코헨은 삶의 80%는 협상이라고 했다. 결국 삶이란 끊임없이 이해를 조정해 가는 과정인 것이다.

인간의 뇌는 본능적으로 자신을 방어하기 위해 모든 자극에 대해 먼저 부정적 관점을 갖는다.(×) 그리고 과거의 경험과 지식 그리고 새로운 정보를 동원하여 유보적인 검토를 한다.(△) 그런 다음 상상력을 동원해서 자신의 이해와 요구에 긍정적인 기대를 갖게 되었을 때 수용한다.(○) 사람의 사고 흐름이 ×→△→○ 방향으로 흐르기 때문에 자신의 선택에 대해 최소한 책임을 지려고 하는 도덕적 양심이 발동하는 것이다. 만약 사람의 사고가 그 역으로 ○→△→× 흐르는 방식이 일반적이라면 얼마나 큰 소동이 일어날지 상상을 해보라. 화려한 광고들로 인해 사람의 삶은 힘없이 조종당할 뿐만 아니라 무책임한 행동들로 그 순간 지구가 폭발해 버릴지도 모른다. 그러므로 사람들의 처음 'NO'는 당연한 것이다.

한국인은 아직까지 '관계'에 있어서 '정情'을 우선시하는 문화를 가지고 있다. 합리적으로 NO를 다루는데 아직 미숙한 것이 일반적이다. '정'은 각 개인의 책임을 바탕으로 할 때 아름답고 차원 높은 지극한 경지이다. 그러나 활동 범위가 넓은 지식정보사회에서는 농경사회의 좁은 공동체를 바탕으로 했던 '정'의 문화가 보완되어야 하는 요구에 이르고 있다.

특히 적극적이고 분명한 NO와 지혜로운 NO를 다룰 줄 알아야 한다. 나는 한때 집→직장→호프집을 개미 쳇바퀴 돌듯 매일매일 반복하다 주말이면 나무토막처럼 쓰러져 운신을 못한 탓에 아내로부터 '토요일 나무토막'이라는 닉네임을 얻은 적이 있었다. 이런 삶에 미래가 있을 수 없었고 건강 또한 형편없는 지경이었다. IMF 이후 나는 더 이상 무대책일 수만은 없었다. 깊은 작전타임 끝에 대학원 진학과 자기 계발에 힘쓰기로 결정했다.

이제 술친구들과 헤어져야 했다. "알러지가 생겨서 더 이상 술을 같이 할 수 없게 되었다."고 핑계를 댔다. 그러자 술친구들은 "이 사람이 술을 적게 먹었군! 술을 더 먹어야 한다."고 놔주지를 않았다. 그로부터 나는 수없이 있지도 않는 '문상'을 다녔다. 문상은 효력이 있었다. 잦은 문상에 눈치를 챘지만 시간이 지나자 그들도 나름 존중해 주었다. 솔직히 나를 왕따시킨 것이었겠지만 나로서는 편안하게 자기 개발과 미래준비를 할 수 있는 시간을 확보했다.

진실을 들여다보면, 나는 술친구들을 NO한 것이 아니라 내 자신의 내부에 가득 차 있는 안일한 본능에 NO를 한 것이다. 은근히 '안일하고 대책 없는 사람 좋음'에 빠져 소중한 것들을 잃어가는 무책임한 습성에 NO한 것이었다.

직장생활을 하다보면 당연하다는 듯 인맥관리를 핑계로 파벌을 형성하고 경력이 쌓이면서 '경륜'을 내세우지만, 기실 따지고 보면 '통밥'에 지나지 않는 것이 일반적이다. 그러다 보면 경쟁력 없는 자신을 보게 되고, 그것을 방어하기 위해 머리를 쓰게 되고, 어느새 가슴이 마비된 바보 같은 사람이 되고 만다. 지위는 오를 수 있을지 모르나 자기 자신은 속이지 못한다. 이런 사람은 은퇴와 동시에 영향력이 제로에 이른다.

물고기는 자신을 보지 못한다. 물고기도 아닌데 타인의 시각에 의존해서 자신을 보려는 사람들이 많다. 사람은 쉽게 타인의 인정을 통해서 안정감을 맛보려는 함정에 빠진다. 그렇게 되면 타인의 기대치를 채우며 타인의 삶을 살게 된다. 타인에게 잘 보이기 위해서 인기위주의 활동에 매달린 나머지 자기 삶을 유보하게 된다. 즉 쉽게 타인의 표면적인 NO에도 굴복하고 만다. 삶 속에서 진정한 자기 자신으로 서지 못하는 것은 겸양도 덕성도 배려도 헌신도 아님을 통찰해야 한다.

고유한 자신을 바라보는 눈을 가져야한다. 자신의 정체성을 보는 마음의 눈이다. 지금 어디에 서 있느냐는 중요하지 않다. 자신이 누구이든 어디쯤 와 있든 보다 중요한 것은 어디로 가고 있느냐가 중요하다. 겹겹으로 둘러싸인 불투명한 NO의 장벽을 뚫고 나가는 담대함을 발휘해야 한다. 그러기 위해선 자신을 만나야 한다. 자신을 만나기 위해서는 침묵하고 명상할 시간이 필요하다. 자신을 만나고 자신을 알아야 타인을 알 수 있기 때문이다.

아이팟 신화를 일군 애플의 스티브 잡스, 그리고 오라클의 회장 래리 앨리슨처럼 창의적이고 남다른 직관을 갖춘 CEO들의 배경에는 명상 수행이 있었다. 구글, 도이치 은행, 휴즈 항공과 같은 세계적인 기업에선 임직원들에게 명상 교육을 실시하고 있다. 명상이 스트레스 해소 및 창의

80

성 발달에 도움이 되기 때문이다. 구글은 70회사 업무 대 20 개인적으로 하고 싶은 일 대 10명상이라는 근무 원칙을 만들었다. 마음의 눈을 기르고 있는 것이다.

'어떻게 하면 NO를 잘 다룰 수 있을까?'라는 질문에 드러난 답은 NO는 단지 NO가 아니고 사고의 한 과정이라는 것이다. 보다 더 중요한 것은 나의 안일한 본능에 분명한 NO를 선언하고 진솔한 자신을 만나는 것이었다.

> 스피드란 중요한 것에는 시간을 투자하고
> 중요하지 않은 것에 소비하는 시간을 제거하는 것이다.
> ―톰 피터스

❝

오늘의 HOW 당신의 제안에 NO를 한 사람들을 떠올려 보십시오. 그들은 당신 자체를 NO한 것이 아닙니다. 당신의 다음 제안을 기다리거나 지켜보고 있는 것입니다. 그들을 설득하기에 앞서 자신을 설득해야 합니다. 먼저 명상을 통해 자신이 진정 원하는 것이 무엇이며, 어디로 가고 있는지 만나 보십시오. **❞**

어떻게 하면
비전에 몰입할 수 있을까?

"

 풀잎 : 너무 빠져드는 것 아니니?

개미 : 빠지지 않고 사랑할 수 있는 방법은 없어.

"

사랑에 빠져본 사람들은 몰입을 알 것이다. 거리를 지나다 흘러나오는 노래들이 온통 우리의 사랑을 이야기하는 듯한 착각에 빠진다. 그렇게 오랜 세월 보살펴 준 부모님이나 오래된 친구도 관심 밖이다. 오직 그이만 가슴과 머릿속에 가득하다. 야근을 하고 나서도 사랑하는 이를 만나기로 되어 있을 때면 그때부터 다시 활력이 솟는다. 거울 앞에 선 나는 설레임으로 가득하다. 어떻게 그 많던 지식은 사라지고 그 빈자리를 단 한사람이 채울 수 있는지 신기하다. 완전히 몰입된 상태이다. 이는 평소보다 건강한 상태가 된다는 뜻이고, 몸과 마음의 능력이 커진다는 뜻이다.

비전에 몰입한다는 것은 자신의 비전과 사랑에 빠진다는 것이다. 이것을 카리스마라고 한다. 카리스마란 비전에 감동된 상태를 말한다. 원래 카리스마라는 말은 '성령 충만'이라는 의미다. 성령이 충만된 상태에서 순교하셨던 수많은 순교 성인들은 카리스마 상태에 있었다.

그들은 보이지도 않고 실체도 없는 신앙적 가치를 위해 죽음을 두려워하지 않는 초자아적인 상태에 계셨던 분들이다. 두려움이나 걱정은 신경도 쓰이지 않는다. 과학자들의 발견에 의하면 그런 특별한 순간에는 고통에 대한 인내력이 높아지는 한편, 맥박 수, 혈압, 심장 박동 수는 낮아지고 신진대사는 훨씬 더 좋아진다고 한다.

세계 최고 동기부여가 브라이언 트레이시는 몰입의 상태에서 작동하는 의식을 수퍼의식이라고 했다. 수퍼의식을 올바르게 목표를 향해 사용하면 어떤 문제도 풀 수 있고, 어떤 장애도 극복할 수 있고, 진정으로 바라는 목표도 달성할 수 있다고 했다. 수퍼의식은 창의력의 원천이고, 발명의 진정한 힘이고 영감의 원천이며, 목표가 명확할수록 수퍼의식은 강력해진다는 것이다.

또 건강 심리학과 스트레스 관리에 있어서 전문가인 닐 피오레 박사는 이런 상태를 '흐르는 대로 일하기'라고 부른다. 이 상태에 진입하는 방법만 배우면 의식세계와 뇌의 기능을 변화시켜 더 많은 힘과 열정과 능률을 끌어낼 수 있다고 한다. 이 상태에서는 침착하고 힘이 집중되어 있고, 새로운 아이디어에 기뻐하고 시간 여유가 있다고 느끼며, 쉽게 문제를 풀고 집중력이 향상된다는 것이다.

자, 이제 우리가 이 탁월한 상태에 언제나 머무를 수 있는가가 중요하다. 답은 물론 누구나 그럴 수 있다. 만약

자신이 비전에 몰입되는 것에 어려움을 겪고 있다면 그것
은 진심으로 원하지 않는 비전일 가능성이 있다. 이 경우
는 비전을 재검토해 보아야 한다. 진정으로 영혼의 힘을
실어 열망하는 비전이 무엇인가를 확실히 해야 한다. 진정
한 비전은 존재혁명을 일으키는 힘을 가지고 있다. 이때
사람은 다시 태어난다.

또는 열망하는 비전이지만 익숙한 것이 아닐 수 있다. 내
경우였다. 나는 로버트 기요사키가 『부자 아빠, 가난한 아
빠』에서 말하는 현금 흐름 사분면 중 임시 소득의 분면에서
시스템소득과 자산소득을 거두는 분면으로 반드시 이동하
고 싶었다. 사람들을 도와 그들의 성공을 도우면서 공헌과
사랑의 가치를 실현하는 리더십 전문가로서의 삶을 생각하
면 가슴이 뭉클하고 눈시울이 붉어질 정도였다. 그러나 낯
선 세계였다.

그래서 시작한 첫 번째 시도는 나의 모든 감각을 비전에
연결 짓는 것이었다. 생활 속에서 생각의 흐름을 자연스
럽게 콘트롤하는 시도였다. 예를 들면 인터넷 ID, 패스워
드, 계좌비밀번호, 전화번호, 마스코트, 핸드폰 초기화면
등을 숫자와 이니셜로 부호화해서 은유적으로 비전을 표시

했다. 시간관리 플래너의 맨 첫 장은 비전 목록으로 채웠다. 매주 계획수립은 언제나 비전을 확인하는 것에서부터 시작했다.

두 번째 시도는 가능한 한 나의 모든 감각을 활짝 열어놓는 것이었다. 우연히 다가온 정보, 사람, 기회, 사건 등이 어떤 의미를 가지고 있는지 음미하는 내적 명상 상태를 유지하는 것이었다. 어느 순간, 다가오는 인연과 떠나는 인연의 얼개들이 이유가 있음을 느끼게 되는 짜릿한 주관적 신비세계를 체험했다.

시간이 흐르면서 열정을 과시하려는 많은 행동과 나를 드러내려는 트릭들은 줄어들었지만 내적 확신은 바위처럼 굳어져 가는 것을 경험했다. 모든 것들이 이미 이루어진 것처럼 느껴지는 순간들이 많아졌다.

『몰입: 인생을 바꾸는 자기 혁명』의 저자 황농문 교수는 현대는 'Work Hard'가 아니라 'Think Hard'의 시대임을 강조하며 "생각하고 집중하고 몰입하라"고 말한다. 뉴턴, 아인슈타인, 에디슨과 같은 과학자들, 워렌 버핏과 같은 투자자들, 빌 게이츠와 같은 세계적인 CEO들… 이들처럼 각자의 분야에서 비범한 업적을 이룬 사람들에게는 공통점이 있는데, 바로 고도로 집중된 상태에서 문제를 생각하는, 즉 '몰입'적 사고를 했다는 것이다. 황교수는 이 '몰입'이 개인의 천재성을 일깨워 주는 열쇠라고 말한다.

'어떻게 하면 비전에 몰입할 수 있을까?'라는 질문에 다가온 방법은 나의 모든 감각을 비전에 연결 짓는 것이었다. 보고 듣고 느낄 수 있도록 감각의 흐름을 통제함으로써 생각의 초점을 잡을 수 있었다. 그러자 속 깊은 강물처럼 여유와 확신이 들어섰다. 속 깊은 강물은 정지한 것 같지만 도도하게 속으로 흐른다.

> 목표에 집중하라 그러면 수퍼의식이 작동하면서 목표를
> 추구하는 과정에서 생기는
> 모든 문제를 자동적으로 해결해 줄 것이다.
> ─브라이언 트레이시

"

오늘의 HOW 당신은 생각하고 집중하고 몰입할 수 있습니다. 비전과 관련된 상징과 은유를 당신 삶의 매순간에 신호등처럼 배치하세요. 당신의 비전에 초점을 맞추기만 하면 됩니다. "

어떻게 하면
역경을 잘 극복할 수 있을까?

 풀잎 : 길을 잃거나 넘어지면 어쩌지?

개미 : 다시 일어서지.

노래의 마지막 하이라이트 부분에서 그는 마침내 운명의
벽을 넘었다. 그가 안정적인 바이브레이션 창법으로 고음
을 내뿜자 관객들은 자리에서 일제히 일어나 박수를 쳤다.
심사위원들은 그의 가창력에, 그리고 기립박수를 보내는
관객들의 모습에 입을 다물지 못했다. 그의 눈에도 눈물이
고였다. 미운 오리가 화려한 거위의 꿈을 이루는 순간이었
다.

수많은 사람의 눈시울을 적시게 했던 그 남자. 폴 포츠.
그는 어렸을 때부터 왕따를 당했고 혼자 있을 때는 언제나
노래를 불렀다. 오페라를 향한 꿈을 포기할 수 없어 스물
여덟 살 때부터 자비를 들여 이탈리아의 오페라 학교를 오
가며 직업 오페라 가수를 꿈꿨지만 충수 파열, 부신 종양
등의 병으로 수술대에 올랐고, 그 뒤 오토바이 사고를 당
해 쇄골까지 부서졌다. 큰 성량을 요구하는 오페라 곡을
부르기에는 몸이 따라주지 않았다. 오페라를 접고 휴대전
화 외판원이 됐지만 포기할 수 없는 자신만의 꿈에 계속 도
전했고 공식적인 경연대회에서 우승해 하늘 높이 날아올랐
다.

가수 인순이씨가 부르는 노래 〈거위의 꿈〉을 영국의 핸

드폰 외판원이 현실로 만들어낸 것이다. 잠시 감상해보자.

난, 난 꿈이 있었죠.

버려지고 찢겨 남루하여도

내 가슴 깊숙이 보물과 같이 간직했던 꿈

혹 때론 누군가가 뜻 모를 비웃음

내 등 뒤에 흘릴 때도

난 참아야 했죠, 참을 수 있었죠

그 날을 위해

늘 걱정하듯 말하죠.

헛된 꿈은 독이라고 세상은 끝이 정해진 책처럼

이미 돌이킬 수 없는 현실이라고.

그래요, 난, 난 꿈이 있어요.

그 꿈을 믿어요. 나를 지켜봐요

저 차갑게 서 있는 운명이란 벽 앞에

당당히 마주칠 수 있어요

언젠가 나 그 벽을 넘고서 저 하늘을 높이 날을 수 있어요

이 무거운 세상도 나를 묶을 순 없죠.

내 삶의 끝에서 나 웃을 그 날을 함께 해요.

거위들의 세계에는 '스스로 깨지 않으면 무덤, 남이 깨면 후라이, 내가 깨고 나가면 거위'라는 격언이 있다. 어느날 거위 알은 거위가 되기로 결심했다. 거위가 되어 하늘을 나는 꿈은 생각만 해도 흥분을 감출 수가 없다. 어떤 어려움이 닥쳐도 부화해서 거위가 되겠다는 결심에 결심을 한다. 시간이 지나면서 몸에 변화가 일기 시작했다. 몸에서 일어나는 세세한 변화를 감지하면서 좁은 공간에서의 답답증을 견디는 것은 그리 어렵지 않았다. 잘 해내고 있는 자신이 자랑스럽기까지 했다. 얼마의 시간이 지났을까. 이젠 심한 고통과 함께 말할 수 없는 혼란스런 상황에 빠져들고 있었다. 어렵게 자신의 몸을 지각한 순간 기절할 뻔했다. 알도 아니고 거위도 아닌 흉측한 모습에 극도의 공포감이 밀려들었다. 할 수만 있으면 알로 다시 되돌아가고 싶다. 한 점 흔들림 없이 변태를 지속할 것인가, 포기할 것인가, 어찌할 것인가?

우리 모두는 거위 알이다. 그 모든 잠재력과 가능성을 완벽하게 가지고 있는 존재인 것이다. 영혼의 불씨와 잠재력의 힘으로 한때 꿈을 갖는다. 하지만 시간이 지나면서 꿈은 기억 속에서 가물가물하다. 몸이 이끄는 안락함으로 빠져든 나머지 많은 사람들은 어른이 되면서 꿈을 접는다.

모 대학 세미나에 가서 교직원들을 대상으로 꿈은 이루어진다는 믿음을 가지고 있는 사람은 손을 들어주실 것을 요청했더니 100명 중에 3명만 손을 들었다. 그래서 다시 "자녀들이 꿈은 이루어진다는 믿음을 갖고 있기를 원하시는 분은 손을 들어주세요."라고 했더니 거의 다 손을 드는 것이었다. 사람들은 아련한 기억 저편에 접어 두었던 가능성에 대한 열정을 자녀들에게는 넘겨주고 싶어 했다.

어떤 사람이 거위가 되는 것인가? 그것은 간절한 열망으로 거위가 되기로 결심한 사람만이 변태를 이겨낼 힘이 있다. 알의 관점에서 보았을 때, 부화의 중간단계는 혼돈 그 자체이지만 거위의 관점에서 보았을 때는 단 0.1%도 불필요한 과정이 없는 것이다. 그러므로 너무나 당연한 과정이고 행복한 과정인 것이다. 결국 시선이 어디에 있느냐에 따라 결과는 완전히 달라진다. 자꾸 뒤돌아 알을 보면 끝장이지만, 이미 거위가 된 눈으로 과정을 지켜볼 수만 있다면 모든 순간이 완벽한 것이다.

자신이 원하는 끝에서 자신을 바라보는 것은 능력이다. 하늘을 나는 거위의 자유를 상상해보라. 거센 바람은 위협이 아니다. 더 높은 창공을 향해 치고 날아가는 추진력일

뿐이다. 산맥과 강들 그리고 바다는 거위를 제한시킬 수
없다. 단지 거위가 선택하는 무대일 뿐이다. 이 얼마나 흥
분된 경지인가. 이 절정의 끝을 상상력을 통해 섬세하게
볼 수만 있다면, 정말이지 볼 수만 있다면, 과정 속에서의
혼란은 더 이상 역경이 아니다. 아인슈타인은 '상상력이 지
식보다 중요하다.'라고 했고, 앤서니 라빈스는 '상상력이
의지보다 강하다.'라고 했다.

1997년 미국의 커뮤니케이션 이론가 폴 스톨츠는 IQ나
EQ보다 AQAdversity Quotient가 높은 사람이 성공하는 시대가 될
것이라고 발표했다. 역경지수(AQ)란 수많은 역경에도 굴
복하지 않고, 냉철한 현실 인식과 합리적인 판단을 바탕으
로 끝까지 도전하여 목표를 성취하는 능력이라고 한다.

AQ는 어려울 때 더 필요하고 빛을 발하는 덕목이다. 스
톨츠는 AQ를 설명하면서 등반에 비유했다. 난관에 부닥
쳤을 때 포기하고 내려오는 사람quitter, 적당한 곳에서 캠프
를 치고 안주하는 사람camper, 이를 극복하면서 전진하는 사
람climber이 있다고 했다. 바로 이 클라이머들은 AQ를 발휘
하여 안주하려는 사람들까지 정상으로 이끄는 능력을 발휘
한다는 것이다.

'어떻게 하면 역경을 잘 극복할 수 있을까?'라는 질문에 답으로 다가온 것은 '상상력을 발휘하여 이미 이루어진 듯이 보는 능력'이었다. 나는 월드컵 4강 신화를 일구어낸 경기장에서 글로벌리더십페스티벌을 개최하는 꿈을 가지고 있다. 그 꿈은 총 천연색 동영상으로 머릿속에서 늘 상영 중에 있다.

> *성공의 순간을 하나의 뚜렷하고 단순하며 생생한 이미지로 떠올릴 수만 있다면 가능성은 현실로 변화한다.*
> *—맥스웰 몰츠*

"

오늘의 HOW 당신은 막 자신의 꿈을 향해 출발 했을 수도 있고, 이미 중간쯤에 와 있을 수도 있습니다. 혹은 이미 원하는 꿈을 이루고 또다시 새로운 꿈을 향해 나가고 있을 수도 있습니다.
오늘 자신의 꿈이 이루어진 그 순간을 총 천연색 동영상으로 제작하시기 바랍니다. 당신이 어떤 상태에 있든 간에 법칙은 같습니다. "

어떻게 하면
효과적으로 스트레스를 극복할 수 있을까?

 풀잎 · 나른 이들의 눈지가 모이시 않니?

개미 : 그들은 경기의 관중이야. 경기의 결과에 아무
런 책임이 없지.

질병이나 불 건강이 맨 처음 시작된 곳은 그 사람의 의식입니다.

생명의 근원은 원래 질병도 노화도 죽음도 없는 순수한 의식입니다.

이 순수한 의식 가운데서 문득 '나(自我)'라는 생각이 일어나고 '나(自我)'라는 신념의 렌즈를 통해서 내 밖의 대상을 판단합니다.

여기에서 나오는 판단이란 크게 나누어 두 가지인데 '무엇이 좋다' '무엇이 싫다'입니다.

이 '좋다' '싫다'라는 생각은 욕망과 저항입니다.

이러한 욕망과 저항의 자아의식이 만병의 시초이며 불편한 생각과 감정이 불편한 몸으로 나타납니다.

질병의 원인을 밝혀주는 수많은 현대의학의 이론이 있습니다. 세균, 발암물질, 잘못된 섭생, 음양오행의 부조화 등 그러나 이런 원리와 메커니즘은 일 부분일 뿐 전체가 아닙니다. 어떤 사람이 욕망과 저항을 붙들고 있어 심한 분노, 두려움, 비탄, 피해의식 등에 빠져 있다면, 몸 안에 있는 세포들은 그러한 신념체계대로 변성되어 재배열 됩니다.

현대물리학에 의하면 사람의 의식이나 생각은 에너지 파동이며 그것은 곧 물질임을 보여주고 있습니다.

20세기 의학의 대부라고 불리고 있는 오슬러(Osler W)교수는 존 스홉킨스대학 퇴임 고별 강연에서 다음과 같은 유명한 교훈을 남겼습니다.

"의사들이 환자를 이해하는 데 있어서 대학에서 배운 과학적 지식

은 삼분의 일 정도만큼 유용하고 나머지는 환자의 감정이나 신념 같
은 다른 측면들을 살펴볼 줄 알아야 합니다."

그렇습니다.

질병을 이해하는 데 중심에는 의식이 있습니다.

질병의 고통을 해결하려면 고통이 만들어지는 최초의 바탕인 의식
을 다루어야만 해결될 수 있습니다.

어느 병원의 중환자실 앞에 쓰여 있는 글이다. 이처럼 병
과 의식의 관계를 함축적이면서도 본질적으로 다루고 있는
명쾌한 설명은 처음이었다.

욕망과 저항이 스트레스를 일으킨다. 실패에 대한 두려
움과 거절에 대한 두려움이 스트레스를 일으킨다. 이런 스
트레스를 다루는데 있어서 근본적인 해결은 의식을 다루어
야 한다는 것을 알 수 있다. 똑같은 상황에서도 한 사람은
스트레스를 받는 반면 어떤 사람은 자부심을 느낄 수 있다
는 사실이 그것을 말해준다.

얼굴에 난 흉터가 그 좋은 예이다. 소심한 청년은 얼굴에
난 흉터가 자신의 미래를 방해한다고 생각한다. 모험을 좋
아하고 다소 위험한 일에도 개입을 잘하는 청년에게 흉터

난는 자부심을 나타내는 증거이다. 이 두 사람의 의식과 생각은 똑같은 사실에 대해 완전히 다른 영향을 미친다.

자신이 하고 있는 일에 대한 의미를 어떻게 부여하느냐에 따라서도 그 성과와 건강에 미치는 영향은 확연히 다르다. 쓰레기를 줍는 일도 좋은 예이다. 자연과 생명을 구하는 숭고한 일이라고 생각하는 사람은 보람과 행복감을 느낄 것이다. 그러나 땟거리를 때우기 위한 방편으로 잠시 어쩔 수 없이 하는 일인 경우는 그 시간이 고통스럽고 지루할 것이다.

"저는 평생 일을 해 본적이 없습니다. 그저 너무나도 즐겁고 재미있는 방송을 40년 가까이 해 왔을 뿐입니다. 꿈이 바로 저의 일입니다." 영국의 유명한 방송인인 테리 웨건이 한 말이다. '도대체 어떻게 하면 재미있게 일을 할 수 있느냐'라는 질문에 대한 최고의 대답이다.

스트레스는 어떤 일을 하고 있느냐에 달린 것이 아니라, 자신이 하고 있는 일에 대한 태도에 달린 것이다. 스트레스는 자신이 하는 일에 대한 의미와 가치를 발견할 때 효과적으로 극복된다. 결국 비전은 즐거움의 핵심이며 우리를 움직이게 하는 힘이다.

　역사 속에서 비전을 운명처럼 품고 가치추구 행동을 했던 이들은 늘상 오해 받거나 모함을 받았다. 로리베스 존스는 『최고경영자 예수』에서 성경속의 위인들이 당대에 어떤 오해와 부당한 평가를 받았는가를 이렇게 정리하였다. 이들은 자신의 사명 즉 자신이 하는 일의 의미와 가치에 가장 충실했던 이들이었다.

망상에 사로잡힌 엔지니어 **노아**
(산 위에서 방주를 설계하고 건축했던 자)
마술가 **모세**
(물을 피로 변화시킨 자)
웨이터 **느헤미야**
(왕을 위하여 잔을 받들어 올리던 자)
나체주의자 **이사야**
(3년 동안 벌거벗은 채 살았던 자)
거지 **엘리야**
(과부에게 음식을 구걸했던 자)
미치광이 **다윗 왕**
(체포되지 않으려고 미치광이처럼 행세했던 자)

첩 **에스더 여왕**
(왕의 후궁이었다가 왕비로 올라섰던 여인)
음란한 여인 **마리아**
(결혼 전에 임신한 여인)
신성 모독자 **예수**
(하나님과 동등하다고 주장한 자)

오해와 거절 그리고 실패의 무게는 사실 언제나 무겁다. 그렇기에 수많은 사람들이 거절과 실패를 두려워하다 비전을 포기하고 만다. 꿈을 포기한 나머지 자신이 원하는 존재혁명은 끝을 맺는다. 공교롭게도 현실은 성공으로 가는 길과 거절과 실패로 가는 길이 따로 있는 것이 아니다. 성공은 수많은 거절과 실패 다음에 오는 것이기 때문이다.

존 W. 홀트 주니어는 『Celebrate Your Mistake』에서 "실수를 범하지 않고 있다면, 위험을 무릅쓰고 있지 않다는 것이고, 아무런 목표도 이루지 못하고 있다는 뜻이다. 핵심은 경쟁자보다 더 빨리 실수를 저지르는 것이다. 그러면 교훈을 배우고 승리를 거둘 기회가 더 많아질 것이다."라고 말했다. '실패'를 '훈련'이라고 여길 때 열정을 지속할 수 있다.

'어떻게 하면 효과적으로 스트레스를 극복할 수 있는가?'지는 질문에 드러난 답은 자신이 하는 일에서 고결한 의미를 발견하고 실패 속에서 배우는 태도를 갖는 것이었다. 나는 '자기경영'을 동기 부여하는 일이야 말로 새로운 형태의 시민운동이라고 생각한다. 사람들이 자신의 가능성과 잠재력을 발휘할 수 있도록 도와 그 가정에 희망과 행복이 피어나도록 헌신하는 일이 한없이 즐겁다.

행복은 사실과는 무관하며, 마음가짐이나 태도에서 비롯된다.
– 데이비드 호킨스

❝
오늘의 HOW 당신이 어떤 일을 하고 있든지 그 안에는 숭고한 의미와 가치가 있습니다. 지금 당장 백지 위에 그 일이 좋은 이유, 의미, 가치를 적어 보세요. 당신 안에서 혹한을 밀어내고 찾아오는 빨간 동백꽃 열정이 솟구칠 것입니다. **❞**

어떻게 하면
좋은 기회를 불러들일 수 있을까?

66

 풀잎 : 넌 사람들 사이로 너무 깊숙이 들어갔어.

 개미 : 아니, 난 기회에 둘러싸여 있는 거야.

99

"인생에 기회는 몇 번 오지요?"라고 대학생들에게 물었더니 당연하다는 듯이 "세 번이요."라고 대답했다. "누가 여러분에게 세 번이라고 했지요?"라고 묻자 다들 어쩔 줄 몰라 했다. 어쩌다 우리나라 사람들은 이런 어처구니없는 통념을 가지고 있는 것일까? 참 빈곤한 철학이다.

선박 왕 오나시스는 '기회는 바닷가의 파도처럼 밀려온다.'고 했다. 사람은 풍요롭고 수많은 기회를 통해 자신이 원하는 삶을 디자인 할 수 있다.

> 성공은 당신이 아는 사람을 통해 찾아온다.
> 성공은 당신이 아는 지식 덕분이 아니라, 당신이 아는 사람들과 그들에게 비춰지는 당신의 이미지를 통해 찾아온다.
> – 리 아이아코카Lee lacocca 크라이슬러 전 회장

나는 한때 사람들을 기피한 적이 있었다. 아니 사람들에 대해 관심을 가질 이유를 몰랐다고 해야 더 맞을 것 같다. 직장 내에서 교제하는 사람들 외에 폭넓은 교제의 의미를 갖지 못했던 것이다. 거기에다 가끔 찾아오는 오랜만의 지인들 가운데는 채무보증을 서달라는 요청을 하는 경우도 있었다. 이런 일이 있고 나면 거절을 하느라 진땀을 빼게

되고, 직장이라는 울타리 안에서 안주하는 삶만이 자연스럽게 느껴지곤 했다. 한마디로 누군가가 내 인생에 태클만 걸지 않으면 된다는 식이었다.

이런 나의 모습을 지켜보던 아내는 갑갑하게 느껴졌는지 가끔 "당신 참 너무 무심하지 않나요. 선배님들이나 후배들 그리고 친인척들에게 전화나 한 번씩 하세요."라고 충고했다. 그때마다 "알았어요."라고 건성으로 대답하고는 그대로였다.

이러했던 내가 변화하기 시작했다. 삶에 대한 방향성과 청사진을 갖게 된 이후, 사람들과 좋은 만남과 인연을 만드는 것이 최고의 관심이다. 그렇게 해서 만나게 된 많은 소중한 분들이 내 삶의 풍요로움의 지평처럼 느껴진다. 지금 내가 서 있는 역할이나 위치도 새롭게 형성된 인간관계의 결과로 주어진 것이다. 그분들에게 한 없이 감사하다. 사람이 귀하고, 사람이 희망이고, 사람이 기회라는 생각이 자연스럽게 생활 속에 자리 잡았다.

요즘은 이런 인간관계의 중요성을 자극적으로 인테크라고도 한다. 나는 개인적으로 인테크라는 말을 선호하지는 않는다. 인간관계는 존재의 방식이지 수단이 아니기 때문이다. 어쨌든 인맥은 단순히 사람 사귀기를 넘어 부와 행복을 만들고 쌓아가는 데 있어 근본적인 요소임에 틀림없다. 그래서 좀 더 솔직한 사람들은 부자가 되고 싶다면 재테크보다 인테크를 먼저 하라고 선동하기도 한다.

다니엘 핑크의 『프리에이전트의 시대가 오고 있다』 중에는 이색적인 조사 보고가 소개되어 있다. 1974년, 마크 그래노베터라는 젊은 학자가 매사추세츠 뉴턴에서 전문 기술직에 종사하는 282명의 간부급 남성 노동자와 개별 인터뷰를 통해 몇 가지를 조사했다. 질문 중에는 현재 일자리를 어떻게 구했는지가 포함되어 있었다.

그는 그들 중 약 19%가 신문 구직란이나 취업알선 대행사를 이용했다는 사실을 발견했다. 그리고 또 다른 19%는 직접 입사원서를 냈다. 하지만 명백히 다수라 할 수 있는 56%의 사람들은 사적인 연락을 통해 일자리를 얻었다.

이런 사실에 대해 다니엘 핑크는 "그리 놀랄 일은 아니다. 우리는 문을 열고 들어가는 최선의 방법은 누군가 안에서 손잡이를 돌려주는 것이라는 사실을 잘 알고 있다." 라고 심플하게 말했다.

기회는 일에 있는 것이 아니라 사람에게 있다. 자신의 생애 전체를 통해 추구해야할 방향성을 분명히 하고 그에 대한 철저한 준비를 이끌어 가는 사람에게 있어서 인간관계는 토양과 무당벌레 같은 익충들 그리고 햇빛과도 같은 것이다.

미국 휴렛 팩커드 창업자인 데이빗 팩커드는 "좋은 사람을 만나는 것은 신의 축복이다. 그 사람과의 관계를 지속시키지 않으면 축복을 저버리는 것이다."라고 했다.

여기엔 분명한 두 가지 원칙이 있다. 인간관계의 기본은 내가 먼저 취하기보다는 상대에게 먼저 이익을 주는 것이다. 사람은 베푸는 사람에게는 베풀고 싶어지는 것이 인지상정이다. 먼저 귀인이 되라는 것이다. 타인들에게 애써 복을 끼치고 그 결과로 자신을 이롭게하는 상생의 원리를 먼저 실천하는 것이다.

나폴레온 힐도 "개인적인 문제를 해결하는 가장 확실한 방법은 더 큰 문제를 가진 사람을 찾아내서 보상을 생각하지 말고 그 문제를 해결하게 도와주는 것이다. 이것은 내가 밝혀낸 많은 진실 중에 가장 위대한 진실이다."라고 주장했다.

또 하나는 스스로 능력을 키워야 한다. 자기를 계발하고 늘 학습상태에 있어야 한다. 전문가적 능력을 포함하여 팀의 리더가 갖추어야할 참여와 공유 그리고 개방적인 태도를 길러야 한다. 성경에 나오는 등불과 기름을 준비하여 신랑을 기다렸던 지혜로운 다섯 처녀처럼 늘 깨어있어야 한다. 모든 기회는 준비된 사람에게 의미가 있다. 기회와 준비가 만나면 행운이 된다.

'어떻게 하면 좋은 기회를 불러들일 수 있을까?'라는 질문에 다가온 답은 사람에 대한 태도를 바꾸는 것이었다. 사람이 기회이고 사람이 희망인 것이다. 인생을 살아가며 좋은 사람을 만나는 축복을 누려 보자. 먼저 복을 끼치는 사람이 되는 것이다.

남이 성공하도록 도움으로써 가장 크게 그리고 가장 빨리 성공할 수 있다.
─나폴레온 힐

오늘의 HOW 당신은 사람들에게 좋은 영향력을 끼칠 수 있는 충분한 자원을 가지고 있습니다. 당신의 여정 속에서 직·간접적으로 영향을 줄 수 있는 사람들을 떠올려 보세요. 당신이 먼저 그들에게 복을 끼칠 수 있는 일들은 많습니다. **99**

어떻게 하면
좋은 인간관계를 가꿀 수 있을까?

"

 풀잎 : 가장 가까운 이들이 실망할 수도 있어.

개미 : 그들의 선택일 뿐, 어떤 경우도 난 실망하지 않아.

"

옛 직장 근무 일곱 해를 지나고 있을 때였다. 여성들만의 연수가 있었다. 그 연수에서 그들은 직장 내에서 베스트 친절 남직원 세 명과 베스트 불친절 남직원 세 명을 뽑는 인기투표를 하였다. 그 결과 베스트 불친절 세 명 안에 내가 들어갔다는 비보가 들려왔다. 우리 부서 여선생님이 "그분은 알고 보면 따뜻한 분이다."라고 항변을 했지만 결정을 되돌릴 수는 없었다고 했다. 아무 생각 없이 걷다가 돌부리에 걸려 나동그라진 것처럼 충격을 받았다.

돌이켜 생각을 해보니 내 모습이 보이는 것이었다. 언젠가 대중식당 화장실에서 걸어 나오는데 복도 저편에서 고약한 사람이 걸어오는 것이었다. '저 사람 인상이 참 고약하군.'하면서 그 사람을 은근히 주시했다. 그런데 가까이 다가온 그 사람은 아뿔싸 거울에 비친 나였다. 정말이지 당황스러웠다.

여성들은 나로부터 차가운 느낌을 받았다고 한다. 한마디로 찬바람이 쌩쌩 분다는 것이다. 그땐 야윈 얼굴에 광대뼈가 튀어나왔고, 눈은 찢어졌으며, 묻는 말에나 답을 하고, 입을 열면 논리적이긴 했으나 비판적이어서 다른 사람들의 감정이 베일 정도로 언어에 날이 서 있었다. 게다가 좀처럼 칭찬은 하지 않았다. 남자는 약간 과묵하고 이

지적이고 날카로워야 한다고 내 자신에게 주문을 걸고 있는 상황이었다. 얼마나 왜소한 인간인가.

그러나 한편으로는 풍요롭고 행복한 인간관계를 일구고 싶은 욕구 또한 강했다. 마음 속의 최종 욕구와 실제 사이에는 건널 수 없는 강이 버티고 있는 것과 같은 형세였다.

뭔가 심각하게 잘못되었다는 점을 짐작하고 손에 든 책이 데일 카네기의 『인간관계론』이었다. 이 책을 읽는 순간 또 한 번 충격에 휩싸였다. 인간관계를 위한 주옥같은 지침들은 내가 그동안 해온 행동과는 정반대였다. 〈난 참 바보처럼 살았군요.〉라는 노래가 내 몫이었다.

미국 보스톤대학에서 7세 어린이 450명의 일생을 40년에 걸쳐 조사하였는데 성공과 출세에 영향을 미치는 가장 중요한 요인은 다른 사람과 어울리는 능력, 좌절을 극복하는 태도, 감정을 조절하는 능력으로 밝혀졌다.

미국 퍼듀대학에서 졸업생들의 연봉수준을 조사한 결과, 학업성적이 우수한 그룹에 속했던 학생과 그렇지 않은 그룹에 속했던 학생 간의 연봉차이는 불과 200달러에 불과했다. 반면에 인간관계가 뛰어났던 그룹의 학생들은 우수그룹보다 15%, 비우수그룹보다 33%정도 연봉이 많았다고 한다.

　　행복이나 성공은 성적순이 아니며 사회에서 중요한 것은 대인관계
라는 것을 알려주는 실험결과들이다.

-『아마그램』 중에서

　　나는 인간관계의 윤활유 역할을 한다는 방법론 '미 · 인 ·
대 · 칭'을 배워서 충실하게 실천하기 시작했다. 미소 짓
고, 인사하고, 대화하고, 칭찬하는 간단한 행동이다. 그런
데 먼저 하는 것이 원칙이다.

　　정말이지 작정하고 미소를 지어내기 시작했다. 부자연
스러운 것은 당연했다. 빳빳한 하드 보드지를 구기는 것처
럼 웃음에 필요한 근육들이 잘 움직이지 않았다. 그 자체
가 나로서는 코미디였다. 함부로 웃지 말라는 교육을 받아
왔던 나였다. 시간이 지나자 조금씩 자연스러워졌다. 약 6
개월이 지난 어느 날 아침, 얼굴에 미소가 담겨있는 사내
가 거울 속에 서 있었다. 그 순간 '감사합니다.'는 말이 자
연스럽게 튀어나왔다. 바뀐 것이다.

　　인사하는 습관도 많이 개선되었다. 평소에는 멀리서 직
장 선배님이 나타나면 '가까이 가서 인사를 드려야지' 하다
가 타이밍이 늦어 선배가 먼저 인사를 건네게 된 꼴이 태반
이었다. 또 건방진 놈이 되고 만 것이다. 그럴 때마다 나

는 '좀 가까이에서 인사하면 안 되나?'하면서 불편한 마음을 어찌 할줄 몰라했다. 이젠 먼저 인사하고 가까이에 가서 한 번 더 인사하는 식으로 바꾸고 나서는 봄바람이 부는 것처럼 마음이 가벼웠다.

타인의 속에 있는 위대함과 아름다움을 발견하는 눈을 기르십시오. 그리고 찾아내는 데로 그에게 이야기해 줄 수 있는 힘을 기르십시오.

－작자 미상

칭찬은 참으로 나를 행복하게 만들어 주었다. '칭찬할 것이 있어야 칭찬하지.'하는 나였다. 칭찬할 것을 찾으려고 하니 참으로 사람들은 칭찬할 것이 많다. '아! 여자는 내일 변신을 하는구나.'는 것도 깨달았다. 아이샤도우, 머리핀, 립스틱, 스커트, 브라우스, 슈즈, 자켓, 귀걸이, 헤어스타일 등등 그 어떤 것이든 뭔가는 변화가 있었다. "아이샤도우가 계절에 참 잘 어울리네요."라고 자연스럽게 말할 수 있게 되었다. 칭찬을 하는 사람이나 칭찬을 받는 사람이나 똑같이 행복감이 증대되는 경험은 삶을 풍요롭게 했다.

어느날 옆 사무실의 직원이 우리 사무실 여선생님에게 "저 분이 정말로 많이 변하셨는데 그 이유를 모르겠다. 아마도 하느님을 만나지 않았을까 하는 생각이 든다. 그렇지 않고서야 사람이 저렇게 변할 수는 없다."라고 했다고 한다.

'사람은 변하는구나.'라는 깨달음이 자리 잡는 순간이었다. 내가 변화했다면 다른 사람들도 다 변화할 수 있다는 믿음이 싹텄다. 그렇다. 사람은 자신이 원하는 모습으로 바뀔 수 있는 것이다.

데니얼 골먼은 다른 사람들과 잘 지내는 능력을 'SQ'(사회적 지능지수Social Intelligence Quotient)라 했다. 실제로 미국 사회에서 사회지능이 높은 사람들이 좋은 자리에서 높은 보수를 받고 있다고 한다. 다른 사람들과 긍정적, 효과적으로 교류하고 목표를 달성하는 데 상대방의 협력을 얻어내는 기술이 성공의 상당 부분을 좌우하기 때문이다.

'어떻게 하면 좋은 인간관계를 가꿀 수 있을까?'라는 질문에 드러난 답이 '미 · 인 · 대 · 칭'이었다. 미국에서 성공한 CEO들을 대상으로 성공과 행복의 상관관계를 조사하였다. 그 결과 성공해서 행복했다고 대답한 사람은 37%, 행복해서 성공했다고 대답한 사람이 63%였다. 우리는 이 결과를 통해 행복하게 성공할 수 있다는 것을 알 수 있다. 그러니 이제 성공하고 싶다면 하루하루 행복을 관리하자. 소중한 사람들과의 관계를 행복하게 가꾸자.

> 인생은 만남입니다. 만남은 축복입니다.
> 만남은 변화의 기회입니다. 좋은 만남은 우리를 변하게 해줍니다.
> 너와 나의 만남을 통해 깨달음이 옵니다.
> 만남을 통해 우리는 내면을 보게 됩니다. 자신을 깊이 보게 됩니다.
> 우리 안에 엄청난 가능성을 발견하도록 도와줍니다.
> ─강준민의 『비전과 존재혁명』 중에서

오늘의 HOW 우리는 성공했기 때문에 행복한 것이 아니라, 행복하게 성공할 수 있습니다. 당신의 여정에서 매순간 '미·인·대·칭'을 실천해 보세요. 당신은 한결 부드럽고 당당한 자신의 모습을 발견할 것입니다.

어떻게 하면
좋은 협력자를 만날 수 있을까?

"

 풀잎 : 혼자서 모드는 길을 산나는 것은 너무 위험해!

 개미 : 난 결코 혼자였던 적이 없어.

"

좋은 친구를 이야기하면, 르네상스 시대 독일의 위대한 화가 뒤러의 작품 〈기도하는 손〉에 얽힌 사연이 우리를 감동케 한다.

뒤러는 화가가 되겠다는 꿈을 안고 고향을 떠나 도시로 갔다. 그 곳에서 역시 화가의 꿈을 가진 한스를 만나 함께 생활하게 되었다. 둘은 가난했으며 그들은 돈벌이를 하면서 그림을 배워야 했기에 제대로 그림 공부를 할 수가 없었다. 그러자 뒤러의 친구 한스가 이렇게 말했다.

"자네가 먼저 그림을 배우게. 내가 돈을 벌어서 뒤를 대겠네. 나중에 자네가 성공해서 그림이 잘 팔리면 나는 그때 그림 공부를 하도록 하지."

한스는 진심으로 권했고, 뒤러는 그림 공부에만 전념했다. 한스는 고생고생을 해가며 돈을 벌어서 뒤러의 학비를 댔다. 공부에 전념한 뒤러가 학교를 마칠 때쯤, 그의 그림이 팔리기 시작했다. 이제 뒤러가 한스를 위해 뒷바라지를 할 차례였다.

"한스, 이젠 자네 차례네. 내가 돕겠네."

"난 너무 늦었네 친구. 내 모든 손가락의 뼈는 박살이 나 관절염에 걸렸고, 내 오른 손은 컵마저 들기가 어렵다네."

어느 날 뒤러는 한스가 기도하는 모습을 보게 되었고 원망 대신 감사를 드리는 그 모습에 감명받았다.

뒤러는 노동으로 마디가 뒤틀렸지만 자신을 위하여 신 앞에 모아진 한스의 손을 그리기 시작했다. 세계적으로 유명한 저 〈기도하는 손〉이 바로 친구를 위해 자신을 희생한 한스의 손이다.

누구나 평생을 살아가면서 '진심으로 서로 협력할 수 있는 친구가 있다면 얼마나 행복할까.'라고 생각한다. 솔직히 그 생각의 이면을 들여다보면 주인공인 뒤러처럼 나만의 한스를 얻고 싶은 경우가 대부분이다. 나도 역시 이런 부끄러운 상태에 있었음을 깨끗이 시인한다.

무엇보다도 이 이야기에서 새겨야할 점은 화가가 되고야 말겠다는 비전이다. 뒤러와 한스가 이렇듯 감동적인 드라마를 창조할 수 있었던 것은 그 두 사람이 똑같은 비전을 가지고 있었다는 것이다. 서로가 진심으로 가치 있게 생각하는 공동의 비전이 있었기에 기꺼이 협력할 순수한 의도를 발휘할 수 있었던 것이다.

팀이 형성되는 이유는 비전과 감동이 있기 때문이다. 작은 인터넷 카페들도 나름대로의 비전과 감동이 있지 않은

가. 그러므로 비전을 선포하고 공유하는 일이 출발선인 것
이다.

나는 비전을 선포하고 공유하는 방법으로 '비전선언문'을
목걸이로 만들어 걸치는 것을 시도했다. 마흔 줄에 들어선
남자가 비전을 명시한 글을 코팅하여 목걸이로 차고 다닌
다는 것은 참으로 쑥스러운 일이었다. 그러나 한 번 시작
한 후 거의 하루도 빠지지 않고 2년 이상 지속되었다. 집
을 나서서 한참을 가다가도 목이 허전하면 되돌아가서 목
걸이를 차고 나올 정도로 집요했다. 차 안에는 또 하나의
'비전선언문'이 여분으로 걸려 있었다.

사람들의 반응은 참으로 다양했다. 무반응, 뭐냐, 한 번
읽어 봐도 되느냐, 참 특이하시네, 그저 고개만 끄덕끄덕,
그러는 사이에 "나도 '비전목걸이'를 차겠다."는 사람들도
하나 둘 늘어났다. 공명현상처럼. 일본 원숭이 사례는 공
명현상에 관한 참으로 알기 쉬운 일화다.

일본 원숭이들은 고구마를 즐겨 먹는데 반드시 바닷물에
씻어 먹는다고 한다. 처음에는 고구마를 흙이 묻은 상태에
서 먹다가 우연찮게 한 원숭이가 강에서 고구마를 씻어 먹
게 되었는데, 그냥 먹는 것보다 훨씬 맛있다는 것을 알게

되었다. 그것을 본 다른 원숭이가 따라하게 되고 이 방법
이 점차 원숭이들 사이에 퍼져나가게 되었다.

그러던 어느 날, 가뭄이 심하게 든 탓에 강물이 말라 버
려서 더 이상 고구마를 강물에 씻어 먹을 수가 없게 되었
다. 그러니 한 동안은 고구마를 그냥 먹을 수밖에 없게 된
것이다. 그러다가 한 원숭이가 고구마를 바닷물에 씻어 먹
었더니 짭짤한 게, 그 전보다 더 맛있음을 알게 되었고 또
다시 원숭이들 사이에 그 방법이 퍼져나가게 되었다. 흥미
로운 것은 바닷물에 씻어 먹는 것을 본 일이 없는 다른 섬
들의 원숭이들도 똑같은 행동을 하고 있었다는 것이다.

이렇게 하나의 행위가 시공을 뛰어넘어 같은 행위를 하
는 무리가 늘어나는 것은 공명현상이라고 말한다.

대부분의 사람들은 비전을 이야기하는 것에 대해 쑥스러
워 하거나 못마땅해 하기까지 한다. 비전이란 현실주의자
의 눈에는 뻥으로 보이기 때문이다. 뒤러가 미술공부를 마
친다고 해서 그림이 팔리는 작가가 될 것이라는 보장은 없
는 것이 현실주의자들의 판단일 것이다. 그러나 반드시 가
치 있는 비전에는 함께 하는 협력자가 생긴다. 비전을 품
은 사람들에겐 그것이 가장 확실한 미래이기 때문이다.

　세기의 탐험가 어니스트 새클턴 경의 이야기 또한 감동을 준다. 1914년 새클턴은 남극대륙 횡단이라는 대담하고 야심찬 계획을 세운다. 그는 누구도 시도해 본 적이 없는 이 계획을 세우고 신문 구석지에 조그맣게 대원 모집 기사를 냈다. 그때 그의 이력 속엔 남극탐험 실패의 경력이 있었다.

　　대단히 위험한 탐험에 동참할 사람을 구함
　　급여는 쥐꼬리만 함
　　혹독한 추위와 암흑과도 같은 세계에서 여러 달을 보내야함
　　탐험기간 동안 위험은 끊임없이 계속될 것이며
　　무사히 귀환할 것이라는 보장도 없음

　　　　　　　　　　　　　-탐험대장 어니스트 새클턴

　이 위험천만한 구인광고를 보고 수 많은 지원자가 몰렸다. 가치 있는 비전이었기 때문이다. 선별된 27명의 대원들은 인듀어런스호를 타고 탐험에 나섰다. 하지만 유빙이 흐르는 남극해를 항해하던 인듀어런스호는 얼음에 갇히게 되었다. 한정된 식량과 연료는 줄어만 갔고 구조대는 없었다. 죽음의 상황에서 대원들은 무려 634일의 사투 끝

에 단 한명의 사상자도 없이 모두 살아 돌아왔다. 비록 실패한 탐험이었지만 역사상 가장 위대한 탐험으로 기록되었다.

'어떻게 하면 좋은 협력자를 만날 수 있을까?'라는 질문을 통해 찾은 답은 '비전을 선포하고 공유하라.'였다. 가치 있는 비전에는 동일한 가치를 추구하는 협력자들이 함께 일을 도모하는 설명할 수 없는 신비가 있다.

*당신이 만일 긍정적이고 열정적인 사람이라면
사람들은 당신과 함께 있고 싶어 할 것이다.
- 제프 켈러*

66
오늘의 HOW 지금 당장 아무도 당신의 선택에 손뼉을 쳐주지 않을지도 모릅니다. 그러나 역사상 가치 있는 비전에는 반드시 팀이 구축되었습니다. 오늘 당신의 비전 목걸이를 만들어 보십시오. 성공하는 사람들은 가치 있는 비전을 선포하고 공유했습니다. 99

기적을 일으키는 셀프코칭

제 3장 성장이 행복이다.

Let`s try the miracle self coaching How

어떻게 하면
훌륭한 커뮤니케이터가 될 수 있을까?

 풀잎 : 관심을 갖는다는 것은 어떤 것이니?
개미 : 몸과 마음을 다해 느끼는 거야.

"

129

커뮤니케이션은 한마디로 효과적으로 소통하기이다. 소통하기 위해서는 표현할 줄 알아야 한다. 표현하지 않고 사랑할 수 없듯이, 표현하지 않으면 전달할 도리가 없고, 표현하지 않으면 삶의 효율성이 떨어지게 되어 있다. 그러기에 요즘 말하기가 경쟁력이다. 이 명제는 이론의 여지가 없어 보인다.

이를 반영하듯 각종 대화법과 기술을 알려주는 책들이 앞 다투어 쏟아져 나온다. 각 기업에서 열을 올려 교육하는 주제도 '말하기'다.

한겨레신문은 대단한 위치에 있는 사람들만 말을 잘하는 능력이 필요한 게 아니라고 보고한다. 면접에서 떨어진 취업 희망자들의 30% 가량은 '화술 미숙'을 이유로 꼽았다. 뿐만 아니라 남녀관계에서도 '말 잘하기'는 '으뜸 조건'으로 꼽힌다. 미혼 남녀의 40% 가량은 '유머 있게 말하기'를 사회생활의 윤활유로, 2세가 꼭 보유하기를 바라는 재능으로 꼽기도 했다. 그러나 자신의 말솜씨에 만족한다는 사람은 20%도 채 되지 않는다는 것이다.

말솜씨가 좋은 사람이 유리할 것이라는 것은 두말하면 무엇하랴. 그러나 꼭 그러할까?

나는 한때 컨설팅 회사를 경영하면서 비즈니스 제휴 파트너회사 대표의 세련되고 매끈한 프리젠테이션을 보고 열등감을 느낀 적이 있었다. 외모까지 준수한 그의 프리젠테이션은 가히 고객을 압도하기에 충분하였다. 그럼에도 고객은 첫인상과는 달리 그를 달가워하지 않았다.

"쳇! 통 우리 이야기는 듣지를 않는군."

문제는 그가 고객의 말에 듣는 척만 하거나 또는 자기가 좋아하는 이야기만 골라서 듣는 선택적 듣기만 할 뿐, 진심으로 귀를 기울이지 않는다는 결정적인 결점을 가지고 있었기 때문이었다. 그는 설명만 잘했을 뿐 관계를 형성하는데 번번이 실패했다. 당연히 그의 비즈니스 성과는 나빴다.

이청득심以聽得心이라는 말이 있다. 자고로 사람의 마음을 얻으려면 혀를 내밀지 말고 귀를 내밀라는 이야기다.

미국에서 커뮤니케이션의 달인으로 평가받는 사람이 클린턴 대통령이다. 우리나라엔 클린턴이 말 잘하는 사람으로 알려져 있지만 사실 그는 경청의 대가이다.

클린턴은 언제나 말하는 사람 쪽으로 약간 몸을 기울여서 눈을 맞춘 채 시종일관 반응한다. 심지어 물을 마시면서도 유리잔을 통해 그를 응시하는 것을 멈추는 법이 없다. 주위가 소란스러울 땐 귀에 손을 갖다 대고 소리를 모으기도 한다.

클린턴의 경청은 이렇게 온몸으로 듣는다는 표현이 더 적절하다. 그 결과 클린턴과 대화를 나누어 본 사람들은 "난 그로부터 존중받고 있다는 느낌이 들었습니다."라고 말했다.

과거 나는 눈을 맞추는 데까지는 성공을 했으나 머릿속은 수많은 소음으로 혼란스러운 수준의 경청자였다. 상대의 말이 어떻게 흘러갈 것인지 미리 판단하거나, 다음 내 차례가 되었을 때 무슨 말을 해야 할 것인가를 끊임없이 모색하곤 했다. 이야기가 끝난 다음 결국 내가 하고 싶은 이야기만 하고, 듣고 싶은 이야기만 듣고 만 것이다. 별 공감 없이 공허한 시간이었음을 매번 시인하고 말았다. 이렇듯 상대를 조종하려는 시도는 번번이 아무 효용이 없었다. 사람은 조종당하기보다는 이해받기를 원한다는 단순한 진실에 무감각한 결과였다.

커뮤니케이션 연구 전문가인 알버트 메라비안은 커뮤니

케이션을 분석한 결과 말의 내용이 7%, 말하는 방법(청각
: 음성, 어조, 음색, 억양) 38%, 몸짓(시각 : 표정, 자세
등)이 55%를 차지한다는 것을 밝혀냈다. 결국 93%는 태
도를 드러내는 것이며 동시에 감정을 나타내는 것임을 알
수 있다. 놀랍게도 커뮤니케이션의 지배적인 영역은 감정
의 영역이다.

이 감정의 영역은 고도로 민감한 영역이다. 그러므로 제
대로 듣는다는 것은 상대방의 의도나 감정을 이해하기 위
해 눈과 귀, 가슴과 마음으로 듣는 것을 말한다. 『성공하
는 사람들의 7가지 습관』의 저자 스티븐 코비는 진심으로
상대방의 입장에서 들어주는 것을 '공감적 경청Empathy'이라
고 한다.

인간에게는 누구나 이해 받고 싶은 욕구가 있다. 이해 받
는 느낌을 갖게 되면 마음의 문이 열린다. 그래서 잘 들어
주기만 해도 커뮤니케이션 역량은 향상되고, 인간관계는
개선되며, 팀워크는 올라가는 것이다.

스티븐 코비는 아마추어 세일즈맨은 '제품Product'을 팔고,
프로 세일즈맨은 '대안Solution'을 판다고 했다. 아마추어는 자
신의 제품을 팔기 위해 말을 많이 하지만, 프로는 고객을

이해하기 위해 듣기에 힘쓴다는 것이다. 듣는다는 것은 말
하기보다 훨씬 여유 있고 더 많은 일을 할 수 있다. 그럴
수밖에 없다. 이해받은 고객은 친구가 되고, 관계가 지속
될 뿐만 아니라 새로운 고객을 창출하는 매개가 되는 것이
일반적이다.

  나는 커뮤니케이션의 최종 목적을 신뢰를 형성하는 것이
라고 생각한다. 한 번의 커뮤니케이션으로도 관계를 형성
할 수 있지만 여러 번의 커뮤니케이션을 통해서만 신뢰감
있는 높은 차원의 관계에 도달하는 것이 일반적이다.
  이때 사람들은 마음이 맞는다고 한다. 교감이 일어난 것
이다. '갑돌이'와 '갑순이'는 교감하지 못한 탓에 슬픈 선택
을 하고 만 것이다. 사람의 유능과 풍요 그리고 행복은 커
뮤니케이션의 질에 따라 큰 영향을 받음은 명확하다.
  현재 자신이 속한 커뮤니티 안에서 원활한 커뮤니케이션
을 잘 하고 있는지. 팀원 또는 파트너들과 어떠한 관계의
질을 보이고 있는지 점검할 수 있다. 분석이 끝났다면 이
미 알고 있는 사람들에게 귀와 눈부터 내밀려고 노력하는
것이 좋겠다.

'어떻게 하면 훌륭한 커뮤니케이터가 될 수 있을까?'라는 질문에 드러난 답은 '경청'이었다. 그러나 가장 어려운 것 중의 하나가 '경청'임을 곧 알 수 있었다. 수많은 현인들이 성공과 경청의 함수관계를 이야기 했지만 아직도 경청은 모든 사람에게 숙제이다. 지속적이고 끊임없는 자각만이 수준을 개선시킬 수 있는 유일한 길이다.

> *내가 상대방의 이야기를 경청하여 자세히 파악한 다음*
> *상대에게 이야기를 한다면 그를 더 잘 이해시킬 수 있다.*
> *─스티븐 코비*

66

오늘의 HOW 마음으로 만난 사람만이 당신 주변에 남게 됩니다. 오늘부터 말은 적게 하고 눈과 귀를 더 많이 사용해 보세요. 당신이 속한 커뮤니티가 어느 곳이든 커뮤니케이션의 리더가 될 수 있습니다. **99**

어떻게 하면

자녀의 성공을 도와줄 수 있을까?

 풀잎 : 아이들을 어떻게 기르니?

개미 : 아이들은 나를 따라 배우며 자라지.

사랑하는 나의 아빠에게~

우리 영어 선생님께서 "성공하는 아이들의 대부분은 아빠가 관심을 가져주고 늘 격려해 주는 아이들이다."라는 말씀을 하셨어요. 그 순간 무의식적으로 저는 '아! 그럼 나는 성공할 수 있겠네~!' 이런 생각이 잠시의 망설임도 없이 나오더라구요.

제가 가끔은 아빠의 관심이 귀찮다고 느꼈을 때도 있는데 속으로는 늘 감사하고 나를 위한 아빠의 정성된 마음이라는 것을 다 느끼고 있었던 거 같아요. 정말 아빠의 위력이 대단한 것 같다니까요. 〉.〈

(중략)

요새 엄마 아빠께서 정말 열심히 뛰시는 것을 느낄 수 있어요. 열정적인 모습이 보여요. 그러니 제가 어떻게 저의 일에 소홀히 할 수가 있겠어요~? ㅋ

늘 긍정적인 자세와 말과 행동들로 저에게 본받을 수 있는 대상이 되어 주신 것 정말 감사하구요 존경해요. ^^

늘 실망주시지 않으시고 나의 버팀목과 나의 자랑거리인 아빠~!

일만 생각하시다가 건강 놓치지 않도록 잘 챙기시구요. 지금 하시는 일은 물론 나중에 하실 일까지 모두 하느님의 축복 속에서 잘 이루어지길 기도할게요.

정말 정말 아주 많이 최고로 사랑해요.

9시 보충시간에
평화의 천사 올림

십여 년 전 우리 부부는 아이들의 성장에 대해 진지한 고민을 하지 않을 수 없었다. 그 계기는 이 편지를 쓴 둘째가 초등학교 2학년 때였다. 아내는 수학문제 한 문제 풀고 나와서 TV보고, 또 그러기를 반복하는 둘째에게 자제력을 잃고 있었다. 거의 매일 회오리가 치는 일상을 지내고 있었다. 이러다간 아이가 사춘기가 되었을 때 단절된 고통을 겪게 되리라는 것이 분명해 보였다.

우리 부부는 "STOP!"을 외쳤다.

아이는 그저 사랑스럽고 명랑하고 주도적이라는 것을 재확인했다. 그리고 칭찬과 격려만이 답이라는 것을 굳게 합의했다. 문제는 우리가 바뀌는 것이 힘들었다. 계속 시도하자 사소한 일도 칭찬하는 습관은 점차 자연스러워졌다. 그에 비례해서 아이의 행동은 서서히 안정되기 시작했다. 특히 "넌 수학 천재야. 어쩌면 이렇게 수학을 잘하니!"처럼 뚜렷한 근거는 약했지만 정성으로 칭찬을 했더니 아이는 어느새 수학에 관한 한 확고한 자신감과 탁월한 실력을 드러냈다.

모든 부모들은 자녀가 성공하기를 원한다. 특히 엄마라는 존재들은 자녀의 성공에 열정을 품은 나머지 간섭과 관심을 구분하지 못한다. 간섭하는 게 사랑의 방법이라 생각한다. 위대한 자율의 힘을 불온한 단어로 취급한다. 반항과 형식 파괴는 그녀들을 가장 불쾌하게 한다. 그녀들은 자신들의 청소년 시절은 기억하지 못한다.

요즘 학자들이 나서서 똑똑하고 능력 있는 엄마들이 '사랑'이란 이름으로 아이를 망치고 있다는 경고를 심심치 않게 제기하고 있다.

엄마들은 아이에게 좋은 공부 환경을 만들어 주려고 공부방을 꾸미고, 심지어는 장래 인맥을 생각해서 이사를 하는 것도 서슴지 않는다.

그러면 아이가 성공할까? 물론 긍정적인 영향을 미칠 수는 있으나 그것이 결정적인 것은 아니다. 한 발 더 나아가 행동을 통제하려 든다.

정확한 스케줄을 짜서 빈틈없이 엄마가 차로 이동시키고 과제물을 체크한다. 이러면 아이가 성공할까? 이 역시도 영향을 미칠 수는 있으나 미흡하다.

또 더 나아가서 능력을 심어주려고 한다. 실력 있는 학원과 과외 선생님을 모셔서 비싼 값을 치른다. 이제 아이가 성공할까? 어느 정도 효과는 있을지 몰라도 아이가 성공할 것이라는 확신을 갖기에는 아직도 뭔가 부족하다.

이런 경우는 어쩌겠는가? 아이가 자기 자신의 가능성과 잠재력에 대해 스스로 굳은 믿음을 가지고 있다면? '역경은 기회이다.'라는 믿음을 가지고 있다면? '기회는 사람 안에 있다.'는 믿음이 있다면? 이 아이의 미래가 어떨 것 같은가? 만약 이런 아이가 있다면, 누구나 그 아이의 감동적인 미래를 확신할 수 있을 것이다. 결국 믿음이다.

가장 강력한 믿음은 자기 자신에 대한 믿음이다. '나는 누구인가?' '나는 어떤 사람이 될 것인가?'에 대한 명확한 믿음이다. 즉 아이덴티티의 강력함은 사람의 인생을 결정적으로 지배하는 힘이다.

고등학교 2학년 여름방학 직후였다. 반의 친구 C가 방학 전과는 달리 지독스럽게 공부를 해댔다. 무엇 때문일까 궁금한 나는 C에게 캐물었다. 머뭇거리던 C의 입에서 나온 답은 나를 놀라게 했다.

"우리 어머니가 방학 때 돌아가셨다. 반드시 의사가 되어 어머니와 같이 고통 받는 분들을 돕겠다. 난 어머니의 죽음 앞에 무릎을 꿇고 약속했다."

당시 C의 성적은 의과대학을 갈 수 없는 수준이었다. 스스로 밥을 해먹으면서 공부하는 자취생이었다. 결국 재수

를 해서 의과대학에 입학을 했고 지금은 개인병원을 운영
하면서 약속을 지켜내고 있다.

공부방도, 행동을 조절해 주는 사람도, 값비싼 과외도
없었지만 스스로 영혼에 새긴 약속이 이 모든 것을 극복하
고 그가 의사가 되도록 이끌었다. 이것이 아이덴티티의 힘
이었던 것이다.

나는 우리 아이들에게 칭찬과 지지의 수준을 넘어 건강
한 아이덴티티의 형성을 돕는 것이 부모로서 할 수 있는
최고의 영향임을 깨달았다. 그 순간 나는 우리 아이들에
게 '애칭'을 붙여주어야겠다고 생각 했다. 첫째는 꿈의 천
사Dream Builder, 둘째는 평화의 천사, 셋째는 사랑의 천사, 넷
째는 희망의 천사로 결정했다.

그로부터 나는 모든 순간에 이름 대신 '애칭'을 붙여 대화
하기 시작했다.

"희망의 천사야. 일어나거라."

"평화의 천사야. 잘잤니?"

"사랑의 천사야. 학교에서 재미있었니?"

"희망의 천사야. 난 네가 좋다. 아무 조건없이 네가 좋다!"

약 7년이 지난 지금 아이들은 자신의 '애칭'을 완전히 자

신과 동일시하고 있다.

나는 아이들이 어떤 직업을 갖더라도 사랑과 평화 그리고 꿈과 희망을 펼칠 수 있기를 기대한다. 자신의 아이덴티티의 핵심에 고결한 가치가 자리 잡는다면 그들의 역량만큼 세상을 향해 밝은 빛을 내리라는 믿음을 갖는다.

'어떻게 하면 자녀의 성공을 도와줄 수 있을 것인가?'라는 질문에 찾아든 답은 아이를 인정해주고 친절, 인내, 사랑, 존경으로 대하면 아이는 자기의 역할을 충분히 해내고 자기 실현을 하는 사람으로 성장한다는 것이었다. 아이는 일생 동안 의식적이든 무의식적이든 부모를 닮고자 한다. 부모가 아이를 대했던 것과 같은 방식으로 아이는 다른 사람들을 대할 것이다. 결국 부모가 먼저 변화하는 것이 답이다.

> *리더는 힘을 주는 믿음을 가지고 살며,*
> *제한적인 믿음을 가진 사람들의 믿음을 바꾸어*
> *그들의 능력을 최대한 발휘할 수 있도록 가르치는 사람이다.*
> *−마르바 콜린스*

❝

오늘의 HOW 당신의 자녀들은 당신의 것이 아닙니다. 당신은 그들을 존중과 인정과 지지를 통해 사랑만 할 수 있습니다. 오늘부터 당신보다 더 큰 영혼을 지닌 자녀들을 섬기는 것이 당신의 역할입니다. ❞

어떻게 하면
친밀한 결혼생활을 이끌 수 있을까?

66

 풀잎 : 친밀하다는 것은 무엇이니?

개미 : 막힘없이 감정이 흐르는 것이야.

99

중견 간부 공무원 연수였다.

"아침에 배우자와 모닝키스를 하고 오신 분 있으십니까?"

대부분 그저 웃기만 한다.

"그럼 배우자와 모닝키스로 하루를 시작했던 시절이 있었던 분은요?"

한 두 명 조심스럽게 손이 올라온다.

"어쩌려고 인생을 그렇게 함부로 사십니까?"

모두가 폭소를 터트린다.

결혼 생활을 하고 있는 사람들에게 가장 소중한 사람이 누구냐고 물어보면 무 자르듯이 단박에 '배우자'라고 한다. 그러면서도 배우자와 친밀하고 행복한 관계를 이끌어가고 있는 부부는 많지 않다.

결혼은 오월의 장밋빛이다. 장밋빛 미래와 행복을 꿈꾸면서 결혼한다. 그러나 결혼 후 호르몬의 장난(?)이 끝난 뒤 가끔 '결혼이라는 것이 어쩌면 이렇게 심드렁하지?'라는 생각을 누구나 한다. 또 배후자의 태도 속에서 불편한 것들이 자꾸 눈에 들어온다. 급기야 '어쩌면 저렇게 나와는 다른지?' 이해할 수가 없어서 혼란에 빠진다.

　말수도 적고 듬직한 남성다운 점에 매료되어 결혼을 했는데 답답해서 숨넘어가겠다는 아내가 한둘이 아니다. 애교가 넘치고 사랑스러운 그녀는 결혼 후 시끄럽고 간섭을 잘하는 마녀로 바뀌었다고 하소연하는 남편이 부지기수다.

　존 그레이는 『화성에서 온 남자 금성에서 온 여자』에서 이렇게 말한다.

"옛날 옛적에 화성 사람들과 금성 사람들은 서로를 발견하자마자 한눈에 반했다.

　사랑의 마법에 걸린 듯 무엇이든 함께 나누면서 기쁨을 느꼈다.

　비록 서로 다른 세계에서 왔지만 오히려 그 차이를 마음껏 즐겼다.

　그러다가 지구에 와서 살게 되자 그들은 기억상실에 빠진다.

　제각기 다른 곳에서 왔다는 사실을 잊은 것이다.

　배우자가 다른 별에서 온 사람처럼 자신과 다르다는 것을 기억한다면 그들을 변화시키려고 애쓰거나 맞서려고 하는 대신 그 차이를 편하게 받아들이고 더불어 잘 지낼 수 있을 것이다.

　사실 남녀관계란 그렇게 '고통스런 투쟁'이어야 할 이유가 없다."

　사실은 부부가 서로 달라야한다. 그 다름이 경쟁력이다.

147

서로가 다르기 때문에 삶의 과정에서 나타나는 수많은 문제에 대해 대처하는 능력이 발휘되는 것이다. 남자가 감당해야할 몫과 여자가 감당해야 할 몫이 있는데 그것은 다름에 바탕을 두고 있다.

결혼생활 십 년째를 지나고 있을 무렵 아내의 손에 이끌려 M.E. Marriage Encounter 프로그램에 참가 했다. 카톨릭 '명상의 집'에서 2박3일 진행하는 과정이었다. 평소 '우리 부부는 잘 살고 있어'라는 생각으로 살고 있었기에 '좀 쉬고 와야겠다.'는 안일한 생각으로 따라 나선 것이었다.

결과적으로 소설 같은 일이 일어났다. 과정에 참여하는 동안 우리 부부는 몇 차례나 서로 끌어안고 뱃속 깊은 곳에서 배어져 나오는 눈물을 거리낌 없이 흘려버렸다.

배우자와 함께 이끌어가는 삶이 주는 축복과 은총의 가치를 얼마나 값싸게 폄하하고 있는 것인지를 깨닫게 된 것이다. 아는 것만큼 볼 수 있다는 말이 있다. 똑같은 이야기지만 아는 만큼 체험할 수 있구나 하는 생각이 밀물처럼 밀려 왔다. '새로운 세계의 발견은 여행을 떠나는 것이 아니라 관점을 바꾸는 것이다.'는 진리를 체험했다. 그 감동은 내 영혼 깊은 곳에 새겨졌다.

생각해 보면 사람들은 결혼생활에 대해 학습하지 않은 채 결혼한다. 무면허 결혼 운전자이다. 수많은 사고가 준비 부실과 방법을 몰라서 일어나는 것임을 우리는 안다. 그러나 결혼에 대해서는 무모할 정도로 모험적이다.

한 가지만 잘해도 결혼생활의 질이 수직으로 올라간다. 이 방법은 참으로 놀랍다. 아내의 이야기에 공감하는 것이다. 아내는 항상 "당신은 들어주기만 하면 돼요."라는 말을 입버릇처럼 했다. 그럴 때마다 이해할 수가 없는 나는 '도대체 무슨 말을 하는 것인가?' 하는 생각을 했다. 아내는 공감을 기대하고 있었는데 나는 언제나 '결론은 뭔가?' '이 이야기의 끝은 무엇인가?' '나를 조종하려고 하는군.' 하면서 이야기를 끊거나 듣는 척만 하기가 일쑤였다.

공감이 노력은 성과가 컸다. 물론 아직도 썩 잘 되는 것은 아니지만. 예를 들어 어느 여름이었다. 집에 들어서자마자 아내는 기다렸다는 듯이 하루 동안 있었던 이야기를 시작했다. 몸을 씻기 위해 욕실에 들어서는 순간까지 이야기는 끝나지 않았다. 그때까지 욕실 밖으로 고개를 빼고 아내와 눈을 맞춘 채 고개를 끄덕이면서 "그렇구나~"를 연발하는 내 모습을 발견했다. 당신이 남자라면 아내의 이야기에 공감하라.

만약 당신이 여자라면 남자를 내가 원하는 방향으로 조
종하려 말라. 그러면 그럴수록 부작용이 많다. 귀를 막거
나 동굴 속으로 들어가고 만다. 그 대신 그는 인정받고 존
중받기를 바란다. 그는 인정하고 지지해 주면 놀라울 만치
그 기대를 충족시키기 위해 노력한다. 신기하게도 그것이
남자다.

'어떻게 하면 친밀한 결혼생활을 이끌 수 있는가?'라는 질문
에 따라온 답은 '다름'을 존중하는 수준을 넘어서 '다름'을
유리하게 여겨야 한다는 깨달음이었다. 비로소 결혼의 신
비 속에 감추어진 성스러운 가치들이 눈에 들어왔다. '다
름'이 피워내는 실상들로 인해 풍요로운 행복은 그 실체를
드러냈다.

배우자는 하나님이 주신 최고의 선물이다.
—존 그레이

❝
*오늘의 HOW 당신이 여자라면 앞으로 일 주일 동안 그가 청하지 않은 충
고와 비판을 일절 삼가보세요. 당신이 남자라면 앞으로 일주일 동안 그녀가
말을 할 때 그녀의 기분을 진심으로 존중하고 이해하는 마음 자세를 가져보
세요. 다시 결혼의 열정이 솟아날 것입니다.* ❞

어떻게 하면
훌륭한 가족문화를 유산할 수 있을까?

❝

 풀잎 : 너는 무엇을 남기려고 하니?

개미 : 좋은 습관을 남기려고 해.

❞

지금 우리는 문명이 바뀌는 순간을 살아가고 있다. 우리는 현재 산업시대에서 지식정보사회로 바뀌는 혁명의 순간을 살아가는 한 가문의 조상이다. 이때 부모들이 어떤 삶의 방식을 선택하느냐는 참으로 중요하다. 몇 세대가 흐른 뒤 우리의 자손들은 지식정보 혁명이 일어나던 시기에 살았던 조상들이 어떤 삶을 살았는가를 반문할 것이다. 자손들이 지금의 조상들의 현명한 선택 덕분에 풍요로운 오늘이 있다는 결론에 도달한다면 다행스러운 일이다. 그러나 통계적 관점에서 보면, 이런 결론에 이를 수 있도록 새로운 시도를 하고 도전하는 부모는 10%에 미치지 않을 것이라고 한다. 우리는 자녀에게 무엇을 유산해야 할까?

유쾌한 행복론 『옵티미스트』를 강의하시는 카톨릭대학교 정신과 전문의 채정호 박사는 강의 중에 쥐에 관한 이상한 실험 결과를 소개했다.

신경정신 분야 과학자들이 물을 싫어하는 쥐를 가지고 실험을 했다. 과학자들은 쥐를 물에 빠뜨렸다. 물이 싫은 쥐는 물을 벗어나려고 발버둥을 친다. 아무리 발버둥을 쳐도 벗어날 수 없음을 알게 된 쥐들은 결국 포기하게 된다. 다음 날도, 다음 날도 쥐를 물에 빠뜨리는 일은 반복된다.

그러자 쥐들은 점차 포기의 속도가 빨라졌다. 나중에는 물에 빠지자마자 포기하기에 이르게 되었다. 과학자들은 이 쥐들을 교미시켜 10대 자손을 만들어 냈다. 그리고 이 10대 째 '자손 쥐'를 물에 빠뜨렸다. 그러자 놀랍게도 이 쥐들은 물에 빠지자마자 바로 포기했다.

뭔가? 포기의 유전자가 유전된 것이다.

심리적인 요인 또는 행동 특성도 유전이 된다는 것이다. 이와 관련된 연구 보고가 요즘 속속 드러나고 있다. 이타적인 태도를 관장하는 염색체가 발달된 사람들이 봉사활동에 적극적이라는 것과 모험을 즐기는 사람들의 염색체 또한 보통 사람과 다른 특징을 보인다는 것이다. 최근 버지니아대학 하덴 박사팀의 연구결과 부부싸움을 자주하는 유전자가 아이들에게 전달되어 행동장애를 유발하는 것으로 나타났다.

사람이 세상을 살면서 선택하는 반복적인 행동특성은 유전자에 기록이 되고 이 정보는 세대를 뛰어넘어 유전된다는 사실의 발견은 지금 이순간 우리들의 선택이 얼마나 중요한 의미를 갖는 것인가를 깨닫게 한다.

미국 조지아주립대학의 경제학 박사 토머스 스탠리 교수

가 '부의 세습'에 대한 연구결과를 발표했다. 그는 최근 20
년 동안 미국을 움직이는 백만장자들의 성장과정과 부침浮
沈의 역사를 연구했다. 그 결과 미국의 재벌 중 80%는 중
산층 또는 노동자 출신이었다. 부모로부터 기업을 물려받
은 부자들은 겨우 20%에 불과했다. 그런데 자수성가한 사
람들의 공통점은 부모로부터 '유산' 대신 '좋은 습관'을 물
려받았다는 것이다.

　그들은 '근면, 성실, 정직, 용기, 신앙' 등 정신적 유산
을 가장 소중하게 여겼다. 그들은 재산을 이웃을 위한 선
한 사업에 사용했다. 자녀에게 물려 주는 많은 재산은 잘못
관리하면 곧 사라진다. 그러나 정신적 유산은 평생의 보물
이 된다. 준비가 안된 자녀에게 물려 주는 많은 재물은 그
를 방탕과 향락의 늪으로 몰아 넣을 가능성이 높다고 한다.

　나는 발칙하게도 21세기 새로운 가문의 시조라는 생각
과 그에 걸 맞는 우리 가족만의 정신적인 문화유산을 만들
어야겠다는 생각을 했다. 그리고 그 첫 번째 작업으로 '가
족사명서'를 만들기로 했다. 나는 아내와 아이들과 함께 섬
진강과 지리산 계곡을 여행하면서 질문을 했다. "우리 가
족은 어떤 가족이면 좋겠는가?" 이 질문에 대한 답변은 아

내가 받아 적었다. 그때마다 튀어 나온 간단한 메시지들을
정리하여 '가족사명서'를 만들었다.

[가족사명서]

一. 우리 가족은 하느님을 주인으로 섬기는 聖가정으로서 매
순간 주님과 함께하는 은총으로 서로 사랑하고 평화를 가꾼다.

一. 우리 가족은 각자 끊임없이 배우고 가르치며 자신의 일
을 정직과 성실을 바탕으로 즐겁게 수행할 줄 알며, 최고를 추
구하고 책임질 줄 안다.

一. 우리 가족은 서로를 존중하고 신뢰하며 인내와 헌신, 겸
손과 용서로 서로의 성장을 돕는다.

一. 우리 가족은 서로를 칭찬하고 격려하고 웃음이 넘쳐나게
하여 가족간에 따뜻하고, 평안하며, 존중 받는 느낌으로 산다.

一. 우리 가족은 물질적, 신체적, 정신적, 사회적 풍요를 창
조하여 세상을 풍요롭게 한다.

一. 우리 가족은 하느님과 가족을 섬기듯이 이웃을 섬긴다.

'가족사명서'는 우리 가족이 행복을 관리하고 역경을 이
겨내는데 큰 힘이 되고 있다. 우리가족은 특별한 때는 물
론, 수시로 어깨동무를 하고 '가족사명서'를 읽는다.

때론 아이들이 다툴 때 '가족사명서'를 낭독하게 한다. 그러면 마술 같은 일이 일어난다. 두 줄 정도만 읽어 내려 가면 아이들은 금세 바른 태도를 갖출 줄 안다. 아이들의 할머니는 이런 손자들을 보면서 "그것 참 신통하다."라고 웃으신다.

두 번째 작업으로 나는 4년 전부터 송구영신 가족행복 캠프를 열고 있다. 매년 12월 31일은 부모님을 모시고 온 가족이 집을 떠나 여행을 하면서 가족행복 캠프를 한다. 새해를 의미 있게 맞이하는 전통을 만들고 싶었다.

캠프는 이렇게 진행한다. 온 가족이 새해에 달성하고자 하는 목표를 작성한다. 그리고 막내부터 목표를 선포한다. 각자의 목표발표가 끝나면 박수와 함께 온 가족이 돌아가 면서 '칭찬샤워'를 해준다. '칭찬샤워'란 한 해 동안 각자에 게 일어난 변화나 성장점을 사랑과 감사의 언어로 칭찬하 고 격려하는 것이다. 그러다 보면 배꼽을 잡고 깔깔거리기 도 하고, 모두가 뭉클한 마음에 눈물지을 때도 있다.

이때 부모님은 아들과 며느리 그리고 손자들로부터 조건 없는 존경과 사랑받는 느낌으로 행복해 하신다. 아이들 간 에는 서로가 서로를 어떤 시각으로 지지하고 영향 받고 있는지를 알 수 있다. 약간은 요란스런 송구영신이지만 이런 가족행복 캠프를 따라 배우려는 가족들의 숫자가 늘어나고 있다.

'어떻게 하면 훌륭한 가족문화를 유산할 수 있을 것인가?'라는 질문에 따라 시도한 방법은 '가족사명서'를 선포하는 일이었고, 송구영신 가족행복 캠프를 시도하는 것이었다. 세월이 흐르면서 이것들은 가족 내에서 문화적 전통으로 정신적 유산으로 자리잡혀가고 있다.

아버지가 나의 마음에 남겨준 것을 나는 자식들에게 물려주고 있다.
−탈무드

66
오늘의 HOW 가족의 행복이 결핍된 성공은 성공이라 할 수 없습니다. 당신의 진정한 삶의 열정은 가족으로부터 나옵니다.
오늘 당신의 '가족사명서'를 만들어 보시기 바랍니다. 당신은 존경받고 사랑받는 부모가 되실 것입니다. **99**

어떻게 하면
은퇴하지 않는 삶을 살 수 있을까?

 풀잎 : 새로운 길을 낸다는 건 불가능해.

 개미 : 이 세상의 모든 길이 처음엔 아무것도 아니었어.

행복한 노년의 조건으로 건강하고, 할 일이 있고, 수입이 있으며, 외롭지 않은 것을 꼽는다. 노후준비 전문가들은 20대부터 준비해야 한다고 조언한다. 과연 20대에 이런 생각을 하는 젊은이가 얼마나 있을까?

대학에서 강의를 할 때 학생들에게 요즘 최고의 관심사는 무엇이냐고 물어보았다. 예상했던 대로 단연 취업이었다. 이런 일반적인 답변 사이사이로 킥킥거리며 나오는 솔직한(?) 답변은 "돈 되는 일을 찾습니다."였다.

사회학자들의 보고에 의하면 지금의 대학생들은 평생 동안 평균 10회 이상 직업을 바꾸어야 한다. 미국의 경우는 이미 그것을 말해주고 있다. 정말이지 평생직장이 아닌 평생직업을 일구어야 하며, 끊임없이 자기를 경영해야 하는 시대다. 하지만 많은 사람들이 자기경영 마인드와 자기경영 방법, 심지어는 자기영영 욕구조차 준비가 되어있지 않다는 것이 최대의 숙제이다.

미국 스롤리 블로트닉 연구소는 1,500명을 대상으로 부를 축적하는 법에 대해 연구했다. 자기가 하고 싶은 일을 나중으로 미루고 우선 돈 버는 직업을 선택한 사람들이 조사 대상의 83%를 차지했다. 나머지 17%는 돈은 나중이

고 하고 싶은 일을 최우선으로 하여 직업을 선택한 사람들
이었다. 20년 후 1,500명 중 101명이 억만장자가 되었
다. 그 중 1명을 제외한 100명이 하고 싶은 일을 직업으
로 선택한 사람들 중에서 나왔다고 한다.(조영탁의 『행복한 경
영』 중에서)

　평생직업 시대에 개인이 갖추어야 할 전략은 자신의 '業'
을 창조하는 것이다. 직장에 다니지 말라는 이야기로 부디
받아들이지 않았으면 좋겠다. 어디에서 시작하느냐는 그
리 중요하지 않다.

　'송승환답다.'라는 말이 있다. 그는 누구인가. 배우?
MC? 연예인? 교수? 공연 제작자? 다 맞다. 그러나 요즘
그의 브랜드는 문화 CEO, 창조형 CEO다. 그의 출발은
척박한 공연예술 환경에서 종사자들의 배고픔을 없애고 싶
다는 소망에서였다. 그는 좋아서 하는 일도 돈을 벌 수 있
다는 걸 보여주고 싶었다. 그렇게해서 시작한 것이 뮤지컬
인데 실패를 거듭한 끝에 '난타'를 성공시켜 세계적인 상품
으로 자리매김 하면서 그의 꿈은 이루어졌다. 그와 함께
고생한 직원들에게 주식을 배분해 처음 약속을 실현시키고
있다. 그가 이끌고 있는 PMC 사단은 대한민국 공연예술

의 희망이 되어 있다.

'동화'의 나라를 건설한 사람이 있다. 세계책나라축제를
열고 있는 남이섬 강우현 대표는 "남이섬을 국가 개념을 가
진 동화 세계로 만들어 꿈을 나누는 특수 관광지로 만들겠
다."는 야심찬 비전을 가지고 있다. 부도직전의 남이섬을
세계적인 관광명소로 바꾸어 놓은 그의 힘은 상상력이었다.
그는 경영을 '상상 놀이'라고 말할 정도이다.

남이섬에 대한 그의 화두는 동화였다. 사람과 동물과 자
연이 동화하는 나라를 만드는 것이다. 기존의 놀이시설들
을 뜯어내고 그 자리에 폐건축자재와 유리병 등 쓰레기를
가지고 문화공간을 만들어 갔다. 그러자 고객들의 반응이
나타나기 시작했고, 지금은 연 150만 명이 방문하는 성과
를 만들어 냈다. 최근 그는 직원들의 정년을 80세까지 연
장하는 멋진 결정을 내렸다. 강 대표는 "결국 콘텐츠 산업
은 사람과 네트워크, 상상력이 핵심"이라고 강조한다. 그
의 신념대로 동화의 나라를 만들고 있는 것이다.

창조적인 리더들이 가지고 있는 생각의 대표적인 특징은
'아무것도 없는 것이 오히려 기회'라는 것과 '자신이 가장

162

좋아하는 일을 찾아 열정을 바치면 거기에서 자연히 창의성은 발휘된다.'는 것이다.

직장생활 10년쯤이 매너리즘에 빠지기 쉬운 기간일까? 나는 뭔가 분명하고 뚜렷한 성과로 연결되는 업무가 아닌 일을 가지고 2년 이상씩 진지하게 열의를 이어가는 것은 아무리 생각해도 어려웠다. 처음엔 답답함을 느꼈으나 시간이 지나자 놀라운 적응력은 적당한 안일함의 통로를 찾아 나섰다. 그러나 상상력과 잠재력이 침식당하고 있다는 자괴감이 한편에서 일어났다. 무기력한 말년이 눈에 들어오는 것까지 외면할 수는 없었다. 두 가지 길이 있었다. 평범한 조직원으로 사는 길과 잠재력을 발휘하여 개인의 브랜드를 창조하는 길. 나는 두 번째 길이 가슴 뛰는 삶이고 은퇴가 없는 삶이라는 믿음을 선택했다.

은퇴하지 않는 길은 자신만의 업業을 창조하는 길이다. 이 길이 인내와 끈기로만 이루어져 있다면 끝에 도달하는 사람은 그리 많지 않을 것이다. 다행스럽게도 이 길은 열정과 즐거움이 발휘되는 과정이다. 새로운 발견과 통찰 그리고 성취의 짜릿한 맛을 느껴본 사람이라면 도저히 거절하기 어려울 것이다. 그러나 평범한 사람들은 도전을 두려워한다.

막상 새로운 목표를 향한 도전을 시작하고 나면 그 길이 생
각처럼 그렇게 어려운 일이 아님을 모르는 것 같다.

미래학의 거두이며 『메가트렌드』의 저자 존 나이스빗John
Naisbitt 교수(중국 난징대)에게 기자가 "선생님은 어떤 방식으로
세상을 관찰하십니까?"라고 물었다.

"다양한 사람들, 사물들과 끊임없이 '관계'를 설정하는
겁니다. 새로운 관계에서 새로운 기회와 싱싱한 아이디어
가 보이거든요. 변화란 가능성의 아버지, 혁신의 어머니
입니다. 늘 변화를 꿈꿔야 하죠. 한 곳에 지루하게 죽치고
앉아 안락함을 추구하면 그 상태로 정체됩니다."라고 세상
사람들을 향해 권유하듯 답변했다.

일단 귀를 열고, 눈을 뜨고 정보와 관계를 맺어야 한다.
평생 은퇴하지 않을 적합한 대안을 창조해야 한다. 자신의
가치와 능력 그리고 세상의 필요가 합치되는 일을 창조해
야 한다. 매운 마음으로 '나를 중심으로 세계를 조직하는
작업'을 시도해야 한다. 그러나 역시 평범한 사람들에겐 비
바람이 치는 날 길을 나서야 하는 것처럼 두려운 일이다.

『부자 아빠, 가난한 아빠』의 저자 로버트 기요사키는 평
범한 사람들이 죽을 때까지 수입을 창출하는 대안으로 소

비자이자 유통업자의 역할을 동시에 수행하는 네트워크 마케팅을 추천하고 있다.

앨빈 토플러는 1979년『제3의 물결』을 출간하면서 미국 사회에 거대한 물결이 밀려오고 있으며 그것은 바로 정보화 물결이라고 예견했다. 특히 유통부문에 대해서 역점을 기울여 기술했다. 요지는, 아주 똑똑하고 영악한 소비자Clever consumer들이 유통에 참여하게 된다는 것이다. 즉, 소비자들이 모여 그물을 짜서 Net를 형성하고 유통에 직접 관여함으로써 '프로슈머Producer+Consumer'들에 의한 유통의 혁명이 일어난다는 것이다. 실제로 그의 예견은 적중하여 그대로 현실로 드러났다. 프로슈머가 주도하는 네트워크 마케팅은 미국과 일본, 러시아 그리고 중국에서까지 새로운 유통의 강력한 트렌드로 자리 잡았다.

『제3의 물결』이후 25년 만에 출간한『부의 미래』에서 앨빈 토플러는 상당부분의 내용을 '프로슈밍'에 관한 설명으로 기술하고, '프로슈머는 21세기 이름 없는 영웅입니다.' 라고 역설했다. 최근 한국에서는 네트워크 마케팅이 새롭게 인식되면서 SK, 삼성, LG 등이 역사와 전통으로 검증된 글로벌 네트워크 마케팅 회사와 제휴마케팅을 적극적으로 펼치고 있다.

　어떤 분야에서 '업業'을 창조하든 은퇴하지 않는 길은 사람들로부터 지지받고 사랑받는 나머지 늘 초대받는 것이다. 핵심은 '진실'과 '신뢰'를 바탕으로 정성스럽게 고객이 원하는 것을 섬길 때만 사랑받을 수 있다.

　'어떻게 하면 은퇴하지 않는 삶을 살 수 있을까?'라는 질문에 피어난 답은 '업'을 창조하여 지지받고 사랑받는 사람이 되는 것이었다. '업'을 창조하는 과정은 정직한 대가지불이 따른다. 성공하는 사람들은 비바람이 쳐도 우산을 쓰고 길을 나선다.

> *어떤 사업가도 다른 사람들의 지지를 받지 않고서는 성공할 수 없다.*
> *－혼다 켄*

66

오늘의 *HOW* 당신은 죽을 때까지 은퇴하지 않을 수 있습니다. 당신의 '業'을 창조하세요. 세상의 필요와 당신의 능력이 닿는 곳에 있습니다. 당신은 사랑받고 지지받는 인생을 살아야 합니다. **99**

어떻게 하면
매 순간 은총 속에 있음을 알 수 있을까?

"

풀잎 : 너에 비하면 나는 하는 일이 없구나.

개미 : 너는 나의 터전이야.

"

열띤 강의를 하고 있는데 계속해서 주머니 속 전화기가 진동음을 반복했다. 쉬는 시간에 확인해 보니 은행으로부터 온 빚 독촉 전화였다. "빨리 갚겠습니다."라고 약속하고는 바로 돌아서서 최선을 다해 강의에 몰입했던 시절이 있었다.

누구나 그렇겠지만 살면서 빚 독촉을 받을 것이라고는 생각도 못했다. 불성실한 것도, 낭비를 하는 것도, 가족의 화합에 금이 가거나 가치 있는 비전을 추구하지 않는 것도 아님에도 불구하고 한때 재정적인 마이너스라는 터널을 지나야 했다. 빚이 가져오는 정신적 압박은 겪어 본 사람만이 안다. 정말이지 정상적인 생활을 무너뜨릴 수도 있는 압박감이었다.

개인적으로 이 시기를 지나오는데 가장 힘을 주었던 태도는 '감사하는 마음'이었다. 참으로 신기하게도 어느 순간 감사하고 있었다. 밥을 먹을 수 있어서 감사했다. 더 깊은 나락으로 굴러 떨어지지 않음도 감사했다. 기회가 주어지는 것은 말할 수 없이 감사하고 소중했다. 건강한 아내와 가족들이 있어서 감사했다. 그 이전에는 당연해 보이던 것들이 감사의 빛을 발했다. 아~ 매 순간 은총 속에 있구나 하는 깨달음이 왔다.

> 하늘의 새들을 눈여겨보아라. 그것들은 씨를 뿌리지도 않고
> 거두지도 않을 뿐만 아니라 곳간에 모아들이지도 않는다. 그러
> 나 하늘의 너희 아버지께서는 그것을 먹여 주신다. 너희는 그
> 것들보다 더 귀하지 않으냐? 너희 가운데 누가 걱정한다고 해
> 서 자기 수명을 조금이라도 늘릴 수 있느냐? 그리고 너희는 왜
> 옷 걱정을 하느냐? 들에 핀 나리꽃들이 어떻게 자라는지 보아
> 라. 그것들은 애쓰지도 않고 길쌈도 하지 않는다.
>
> ─마태복음 6장 26~28

은총은 늘 내 삶의 안과 밖에 있었다. 다만 느끼지 못했
을 뿐이었다. 사소한 것에도 이기심이 발동하는 나의 구
부러진 심성 때문이었다. 아니 온갖 잔꾀로 세상을 조종하
려는 음모를 부리고 있었다고 해야 정확할 것 같다. 신을
포함해서 타인과 세상을 내가 원하는 대로 통제하려는 욕
망이 고통의 원인이었다. 그 삶에는 말뿐인 나눔과 섬김이
춤을 추었을 뿐이었다. 그 결과 은총의 문은 늘 닫혀 있
었다.

　고통 속에서 진솔한 감사가 실낱처럼 터져 나오자 감사

는 의식의 틈을 열어서 은총이 들어오게 했다. 모든 것이 그 자체로써 아름다운 것이었다. 안타깝게도 많은 사람들이 만족을 추구하는 데는 대부분의 시간을 소비하면서 감사를 경험하는 데는 거의 시간을 쓰지 않고 있었다. 평생 질병을 달고 다니면서도 하느님께 감사와 찬양을 했던 사도 바울의 여정이 어렴풋이 느껴지는 것 같았다.

어느 날 존경하는 선배가 선문답처럼 "나무가 왜 사람보다 오래 사는 줄 아느냐?"라고 질문을 했다. 머뭇거리던 나에게 선배는 "뿌리를 내리고 있기 때문이지."라고 자문자답을 했다. 그 뒤로 나무를 진지하게 음미하면서 흥미로운 의미들을 발견하게 되었다.

나무는 자기를 둘러싸고 있는 환경을 온전히 지각하는 것 같다. 비탈이나 바위 위에서도 놀라울 만큼 지혜롭게 뿌리를 내린다. 자신이 서 있는 그곳에서 유연하게 자리를 잡는다. 그리고 강인하게 버티어낸다. 필요한 만큼의 몸집만을 추구한다. 가장 적합한 방식으로 조화를 이룬다. 마치 나무는 자기를 둘러싸고 있는 환경을 존경하고 찬미하는 듯하다. 계절의 변화에 따라 옷을 갈아입고 그 계절에 맞게 모든 세포들이 남김없이 반응한다. 나무들은 기꺼이 또 다른 것들의 터전이 되고 우주가 된다.

최근 한국은행의 발표에 따르면 지난해 1인당 개인 빚이 1천400만원에 육박한 것으로 파악됐다. 대부분의 우리 이웃들이 빚을 안고 있다는 것이며 치열한 생존 투쟁을 벌이고 있다는 것을 의미한다. 그러다 보니 사람들은 이 문제만 해결하고 나면, 또 이 문제만 해결하고 나면 하는 식으로 늘 문제의 한가운데 서 있다. 이런 방식으로는 평생 문제에서 벗어나지 못한다. 이제 방식을 바꾸어서 '감사'를 찾아보자. 우리는 분명 평생 문제만 풀기 위해 태어난 것이 아니다. 감사를 통해 이미 주어진 은총을 누리는 행복한 삶을 살아갈 수 있다. 빚이 있어서 감사한 것은 무엇일까? 암에 걸려서 감사한 것은 무엇일까? 그 곳엔 분명 수많은 감사가 포도처럼 열려있다.

일본에서 자수성가한 대표적인 인물로 꼽히는 마쯔시타 전기의 마쯔시타 고노스께 회장의 이야기는 참으로 감동적이다. 『마쯔시타의 세 가지 축복』으로 네티즌 사이에서 회자되는 이야기는 이렇다.

마쯔시타는 초등학교 4학년까지만 학교를 다니고 직업

전선에 뛰어든다. 그의 적극적이고 긍정적인 사고와 리더
십, 그리고 독특한 경영수완으로 마쯔시타 전기를 설립하
고 세계적인 기업으로 성장시켰다.

어느 날 마쯔시타 회장이 회사를 둘러보고 있을 때, 어
떤 젊은 사원이 마쯔시타 회장 앞으로 나와 자신을 신입사
원이라고 소개하면서 "회장님! 회장님과 면담하고 싶습니
다."라고 면담을 요청했다.

마쯔시타는 잠깐의 시간을 허락하고 사무실에서 마주앉
아 대화를 나누게 되었다.

"회장님! 제가 가장 존경하는 인물이 회장님입니다. 저
도 회장님처럼 훌륭한 기업가가 되고 싶습니다. 회장님은
어떻게 해서 이렇게 훌륭하게 성공하실 수 있었습니까?"

"응, 나는 하나님의 특별한 축복을 받은 사람이야, 그 축
복 때문에 성공할 수 있었지."

"그 축복이 어떤 것입니까?"

"내가 받은 축복은 세 가지인데, 첫째는 나를 가난하게
한 것, 둘째는 나를 약골이 되게 한 것, 셋째는 못 배우게
한 것, 이 세 가지가 하나님이 나에게 주신 축복이지!"

"아니, 회장님 그게 어떻게 축복입니까? 저주죠!"

"아니야, 이건 분명히 축복이야. 그 이유를 말해 주지.

첫째 나는 어려서부터 가난했지, 그래서 돈의 소중함을 일찍 깨닫고 돈을 벌어야겠다고 다짐을 했고, 열심히 돈을 벌었을 뿐 아니라 효과적으로 사용하는 방법을 터득했지.

둘째 나는 체질적으로 몸이 약했기 때문에 건강의 소중함을 깨닫고 몸을 항상 소중하게 관리했지. 그래서 90이 넘은 나이에도 왕성하게 일하고 있지 않나?

셋째 나는 못 배웠기 때문에 교만하지 않고 다른 사람의 말을 잘 듣고 배울 점을 찾으면서 지혜를 터득할 수 있었네. 아마 내가 많이 배웠다면 분명 교만하여 독불장군이 되었을 걸세.

이 세 가지의 축복이 지금의 나를 있게 해준 것일세. 자네도 자네의 축복을 헤아려 보게. 그러면 나처럼 분명히 성공할 테니."

'어떻게 하면 매순간 은총 속에 있음을 알 수 있을까?'라는 질문에 드러난 답은 '감사'였다. 감사는 습관적인 태도이다. 늘 모든 것에 '감사합니다.' '감사합니다.' '감사합니다.'를 표현하다 보니 이제 습관이 되었다. 흔히 무엇인가 달성되었거나, 원하는 것을 모으고 난 다음에야 '감사'를

생각한다. 이런 생각이 이미 내재한 은총을 잃게 한다. 은
총을 잃어버린 그곳엔 진정한 행복이 없다. 행복은 만들어
가는 것이 아니라 누리는 것이기 때문이다.

가슴이 볼록 나오고 다리는 아주 가느다란 조그만 새들,
앙증맞고 어여쁘다 못해 그 작은 모습이 가끔은 안쓰러워 보이던 새들에게서
나는 삶에 힘이 되는 꿈과 노래와 기도를 배웠다.
—이해인

66

오늘의 HOW 당신은 은총 속에서 무한한 창조력을 발휘할 수 있습니다.
오늘부터 감사목록을 늘려가며 삶을 감사로 물들이세요. 당신의 삶은 고요
한 기쁨으로 물결칠 것입니다. **99**

어떻게 하면
영적 성장을 이끌 수 있을까?

"

 풀잎 : 네가 여기에 이르게 된 것은 무엇 때문이지?

 개미 : 사랑이야, 사랑 없이는 아무것도 아니야.

"

어느 누구에게나 인생의 끝은 온다. 단 한 사람도 죽음을 피할 수는 없다. '한 번뿐인 인생'이라는 말을 자주, 쉽게 하면서도 언젠가 정말 나에게도 삶의 마지막 순간이 오리라는 것은 대부분 망각하고 있다.

서울역을 물어보면 가르쳐 주는 사람들이 '인생의 의미'를 물어보면 '정신 나간 사람'으로 취급합니다. 어떤 질문이 더 중요합니까?

– 김수환 추기경

"소유냐? 존재냐?"라고 물어보면 대부분 명확히 존재라고 이야기 한다. 그럼에도 사람들은 소유에 매달린다. 넉넉한 소유를 통해서만 고통에서 벗어날 수 있다는 강박적 판단이 앞서는 결과다. 늘 '어떻게 존재할 것인가?'는 '어떻게 소유할 것인가?'에 밀려 뒷전이다. 생존투쟁? 사실 아무도 끝까지 살아남지 못한다.

밤하늘의 별처럼 역사 속에 빛나는 수많은 인물들은 어떻게 존재해야 하는가를 우리에게 이야기한다. 조선 정조 때 르네상스 시대를 이끌었던 대표적인 인물로 다산 정약용과 추사 김정희가 꼽힌다. 한 사람은 학문으로 한 사람은 예술로서 가슴 뛰는 삶을 살았다. 시대의 그늘에서 유배지에서 유랑 길에서도 빛나는 삶을 치열하게 꽃피운 아름다운 존재 형식을 보여준다.

인생은 짧다.

만약 지금의 삶이 내 영혼의 순례지라면, 내 영혼이 진정으로 원하는 것은 무엇일까? 여기에 답을 해주는 사람은 없다. 그 답은 자신만이 써 내려갈 수 있다. 그것이 우리의 권능임에도 삶을 불행하게 하는 것은 답이 없다는 두려움에서 온다. 본질적으로 두려워할 것이 없다는 '앎'이 찾아오기 전까진 날개 접힌 독수리이다. 헬렌 켈러가 말했듯이 "삶은 하나의 모험이거나 그렇지 않으면 아무것도 아니다." 지금 이 순간 가슴 뛰는 삶을 살아야 하는 이유이다.

인생은 짧다.

그러므로 깊은 성찰을 통해 삶의 방향성을 분명히 하자.

심플Simple하다는 것은 깊은 성찰의 결과이다. 루신다 바디가 쓴 『사랑의 등불 마더 데레사』에서 수녀님은 "너무나 단순합니다. 이 단순한 길을 이해하는데 무슨 설명이 필요하겠습니까? 우리 모두 기도하고 서로 사랑하기만 하면 되는 것을…"라고 말했다. 수녀님은 내면으로부터 울려 나오는

목소리와 세상의 필요에 일관되게 응답하는 선택을 통해
삶의 방향성을 드러냈다.

자신의 삶의 방향성이 분명한 사람은 더 이상 다른 사람
의 삶을 비교하거나 열등감을 갖지 않는다. 자신의 독특함
을 사랑하듯이 다른 이의 다양성을 존중하는 것이 자연스
럽다. 진정으로 다른 사람의 퍼스낼리티를 있는 그대로 바
라볼 수 있게 된다.

나도 내면의 소리에 귀 기울이는 작업 끝에 방향성을 설
정했다.

첫째는 하느님의 사랑을 온전히 믿으며 매 순간 그분과
함께하는 은총으로 서로 사랑하고 평화로워지는 것이다.

둘째는 사람들이 더 나은 삶을 살 수 있도록 돕는 일에
겸손과 열정을 발휘하는 것이다.

셋째는 꿈은 이루어진다는 믿음을 가지고 있는 모든 사
람들과 함께 무한한 잠재력을 키울 수 있는 환경을 창조하
고 도전하고 성장하여 풍요롭고 자유로워지는 것이다.

인생은 짧다.

그러므로 재능을 살려 봉사하자.

봉사는 가장 이기적인 행동이라고 한다. 봉사의 유익은 참으로 많다. 건강해진다. 자부심으로 행동에 열정이 생긴다. 내가 살아가는 세상을 밝게 한다. 사람은 직업을 통해서, 재능을 살려서 나눔을 실천할 수 있다. 어떤 순간에도 사람은 다른 이에게 기쁨을 줄 수 있다. 헌신의 태도는 열정을 불러일으키는 것 같다. 헌신의 에너지는 모험으로 가득하다. 변화를 불러일으킨다. 손쉽게 제도나 상식의 틀을 벗어난다. 우리의 삶을 풍요롭게 확장시키는 동기이다. 헌신은 끈기를 발휘하게 하며 새로운 창조활동을 가로막는 모든 장애를 극복한다.

인생은 **짧다**.
그러므로 자신과 이웃을 사랑하자.
사랑은 너그러운 마음과 용서하는 마음이 저절로 일어나게 한다. 분노나 원망을 품고 사는 것처럼 어리석은 짓이 없다. 그러나 이것들을 놓아 버리는 것은 언제나 어렵다. 분노나 원망도 세상과 교류하는 방식이다. 이 방식을 바꾸어야 한다. 그것을 대체할 수 있는 유일한 방식이 사랑이다. 사랑하면 할수록 사랑할 수 있는 대상도, 사랑할 수 있는 방법도 자꾸 넓어지고 커진다. 자신과 세상을 분명히 사랑할 때, 치열하게 사랑할 때 평화가 함께한다.

'어떻게 하면 영적 성장을 이끌 수 있을까?'라는 질문에 찾아 든 답은 '삶의 방향성'과 '사랑'이었다. 나는 한때 '자유'에 매료된 적이 있다. 그러나 사랑이 결핍된 자유는 부작용이 있었다. 모든 것들이 사랑 없이는 빛을 잃는다는 것을 알게 되었다. 존재하는 이유도 사랑 때문이고 온전히 존재하기 위해서는 사랑을 키워가는 유일한 길이 있을 뿐이다.

> "마르타야, 마르타야! 너는 많은 일을 염려하고 걱정하는구나.
> 그러나 필요한 것은 한 가지 뿐이다. 마리아는 좋은 몫을 선택하였다.
> 그리고 그것을 빼앗기지 않을 것이다."
> −루카 10장 41∼42

❝
오늘의 *HOW* 오늘이 삶의 끝일 수 있습니다. 하루의 끝에서 당신의 양심을 살펴보는 것이 좋습니다. 당신이 용서하지 않은 사람이 있는지 살펴보십시오. 사랑이 모든 것입니다. ❞

어떻게 이 많은 축복을 되돌릴 수 있을까?

이 책을 끝까지 읽어 주셔서 감사합니다.

어느 날 문득 인생을 바꾸려 말고 태도를 바꾸는 것이 시작이구나 하는 깨달음이 있었습니다. 그로부터 시작된 삶의 여정 속에서 풍부하게 피어나는 에피소드들이 투영해주는 소중한 지혜들을 당신과 나누고 싶었습니다. 그런 나머지 너무 소소한 이야기를 나열하지는 않았는지 염려가 됩니다. 중요한 것은 삶의 진실과 실상은 평범한 일상 속에 있다고 생각했습니다.

이 글은 나와 내 가족 그리고 소중한 인연을 엮어주신 분들의 이야기입니다. 인생을 돌이켜 보면 만남이 얼마나 중요한지 당신도 알 것입니다. 이 글을 쓰는 동안 너무나도 많은 분들이 떠올랐고 그분들에게 일일이 어떻게 감사를 드려야 할지 난감할 지경입니다. 인간은 매 순간 학습합니다. 그 중에서도 사람을 통해 이루어지는 학습이 운명을 좌우합니다.

내 삶의 매 순간 소중한 기회와 스승이 되어 주신 장인 어르신과 김일두, 윤장현, 박한실, 박교영, 김남주, 윤윤상, 김영곤, 노언필, 이상훈, 김정택님에 대한 감사는 이루 말할 길이 없습니다. 한 분 한 분 명예롭게 소개해 올려야 함에도 마음만 표한 것과 여기에 이름을 올리지 못한 수많은 귀인들께도 용서를 구해야 할 것 같습니다.

특히 이 글을 쓰는 사이에 주님의 품으로 돌아가신 아버지에 대한 안타까움은 감출 길이 없습니다. 아버지는 마지막 순간까지 말기 암과 싸우면서도 흔들림 없는 고결한 모습을 보여 주셨습니다. 이 글을 통해서나마 하늘에 계신 아버지께 '사랑합니다.' '감사합니다.'라고 표현할 수 있음에 한없이 감사합니다.

내 인생에서 가장 중요한 영향력을 미치는 아내 윤영란에 대한 감사는 특별하게 표하지 않을 수 없습니다. 이 책의 작업과정에서 가장 강력한 심판관이자 열렬한 지지자로서의 역할을 충실하게 해주었습니다.
책은 내 인생에서 참으로 중요한 스승입니다. 무한한 지혜를 품어내어 삶을 살찌우게 해준 그 수많은 책의 저자와

출판 종사자들에게 감사드립니다. 또한 이 책이 세상에 아름답게 나타날 수 있도록 결정적인 역할을 해준 나의 처남 윤태석과 아이콘 팜 편집실에 깊은 사랑을 드립니다.

이 책이 당신에게 좋은 만남이 되었기를 소망합니다.

기억하십시오. 당신은 인생을 걸작으로 만들 수 있습니다. 당신을 통해 세상이 새로운 기회를 만납니다. 하느님은 사람을 위대하게 만드셨습니다. 모두가 자신이 원하는 끝을 보지 못할 수도 있습니다. 그러나 더 중요한 것은 꿈을 추구하지 않는다는 것은 실패를 확정 짓는 것이라는 사실입니다.

이 책을 통한 당신과의 만남을 제 영혼이 기뻐하고 있습니다.

당신은 별입니다.

김봉학